すべての始まり

どくだみちゃんとふしばな1

吉本ばなな

幻冬舎文庫

すべての始まり

どくだみちゃんとふしばな 1

目次

よしなしごと

出会うこと気づくこと

秘訣いろいろ

本文写真：著者
本文中の著者が写っている写真：井野愛実　田畑浩良

よしなしごと

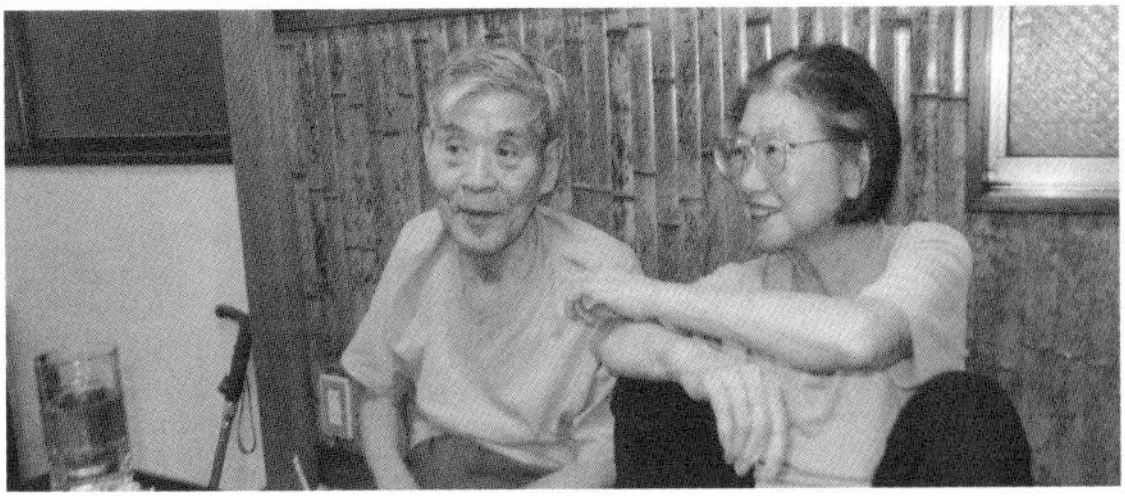

よろしくお願いします！

◎今日のひとこと

言いにくいことが多い昨今、たったひとりで有料メルマガを始めました。これはそれが書籍になったものですが、あちこち直したり削ったりしています。

なにぶんひとりマガジンですので、誤字脱字、寝ぼけ、暴言、夢見がちなどいろいろなことを許してください。私もやがて学んでもっと読みやすくなると思います。

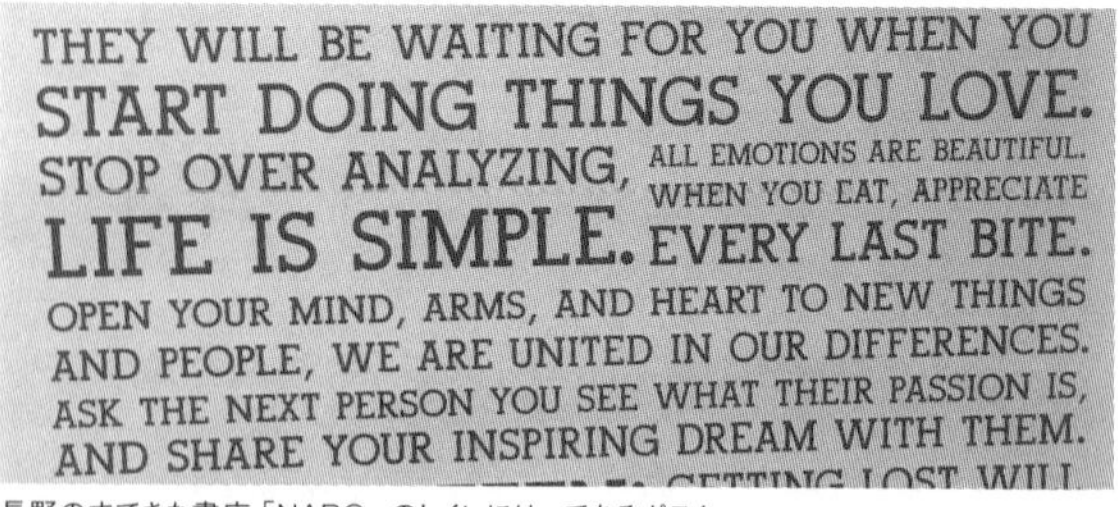
THEY WILL BE WAITING FOR YOU WHEN YOU
START DOING THINGS YOU LOVE.
STOP OVER ANALYZING,
ALL EMOTIONS ARE BEAUTIFUL.
LIFE IS SIMPLE.
WHEN YOU EAT, APPRECIATE
EVERY LAST BITE.
OPEN YOUR MIND, ARMS, AND HEART TO NEW THINGS
AND PEOPLE, WE ARE UNITED IN OUR DIFFERENCES.
ASK THE NEXT PERSON YOU SEE WHAT THEIR PASSION IS,
AND SHARE YOUR INSPIRING DREAM WITH THEM.
長野のすてきな書店「NABO」のトイレにはってあるポスター

◎どくだみちゃん

言葉の見る夢

これは詩ではない。

覚え書きだろう。

エッセイだろう。

愚痴だろう。

泣き言だろう。

世界への祝福だろう。

どんどん生まれてはぷつぷつ消えていく泡だろう。

切なる祈りだろう。

渦を巻いている水がくるくると排水溝に消えていくときのきらめきだろう。

お湯が沸騰している鍋の中の小さな泡の完璧さを表したい気持ちだろう。


そうです、これは詩ではなく、散文です。

かけらとかけらをつなぐまでもない、浮かんでは消えていくものを捉えるだけのイメージの連なり。


宇宙はどんなときでもこっちを見つめていて、こっちが見上げるとそれを察知して少し姿を変える。

私たちはいつも見つめ合っているのだ。

そのことのすごさに比べたら、取るに足らないことはたくさんある。

人間の敵はいつも人間で、お互いに見張りあうようによくしつけられている。

でもそのことを考えると自分のあまりの無力さに気が遠くなるから、考えないように、考えないように。

見張りあって、けんかして、空気が濃くな

って、息苦しくなって、これが人生だと思った方がほんとうのことを知るよりまだ楽だよね、というからくりの向こうの闇を見つめる。

そこには小さい光が見えてくる。


同じように無力さやちっぽけさに気づくのなら、宇宙のことを考えた方がいい。

なにせ一対一、嘘のない向きあいだから。

宇宙のことを考えることは、木々の枝葉が目の前で揺れるのを見ているのとほとんど同じこと。自分がいる、ぽつんといる。すごく孤独だけれど、目の前にある大きなものはちゃんと存在している。

文章を書くこともそれに似ている。

作家たちは闇の中で息をひそめて文字を追いかけている。

言葉が書くことで発酵して静かに光りながら世界に解き放たれていくのを。

言葉はほんの少しだけ空気をきれいにする。ほんの少しだけ重荷を軽くする。

そしてそのリズムはどこかのかわいい赤ちゃんを笑わせる。鼻のあたまにしわを寄せてきゃっきゃと！

◎ふしばな

「ふしばな」は不思議ハンターばな子の略です。

毎日の中で不思議に思うことや心動くことを、捕まえては観察し、自分なりに考えていきます。

私が書いたら差しさわりがあることだって、私の分身が考えたことであれば問題はないはず。

村上龍先生にヤザキがいるように、私には「ばな子」がいる。

森博嗣先生に水柿助教授がいるように、私には「有限会社吉本ばなな事務所取締役ばな子」がいる。

村上春樹先生にふかえりがいるように、私には「ばなえり」がいる（これは嘘です）！

なんちゃって瞑想

現代は時間がびゅんびゅん過ぎていくようにできているみたいだ。

「宇宙のひも」のせいなのか（むつかしいことはあまりよくわからないからてきとうにしか認識していません）、ネットとかスマホとかSNSなどで忙しくなっているからなのか。

できることならもちろん静かなゆっくりした時間がほしい。


その場のムードに流されないで、とりあえず返答したその返事に落ちついてしまわないで、自分はほんとうはいったいどう感じているの？　というのをいちいちしっかりわかりたい、と思う。

人一倍ムードに流されやすいからこそ、そう思う。

私からその「わかる」時間を奪えるものはなにもない。国家だって神様だって、私に起こったできごとが私の中にゆっくりと落ちてしみこんでいき、ふんわりと発酵して姿を変えていく時間を奪えはしない。それは生きていることの意味とほとんど同じものだからだ。

幼い頃から四十年くらい毎夏、伊豆の海に家族で一週間ほど通っていた。

晴れていれば一日中泳いでいたし、旅館だ

から朝食と夕食の時間が決まっていてなにかと慌ただしいけれど、いったん雨が降ってしまうと海辺の田舎町ではなにもすることがない。

当時はネットで音楽や本をその場でどんどん買えることはなかったから、雨の降る旅館の一室でじっと音楽を聴いたり、一冊の本を何回も読んだりした。

あのときの「もうこの音楽も本も充分楽しんだ！　今すぐにもっとたくさん聴きたい！読みたい！」という強すぎる気持ちが集まってこの世の音楽配信や電子書籍を生んだのではないかと思うくらい、そのときの私は退屈だった。でも分厚いスティーブン・キングの本などを一気に二冊手荷物で海辺の宿まで持ってくるほどの根性はなかった。

そのとき部屋にいっしょにいたのは、友だちや親戚や事務所の人や恋人。あるいは両親の仕事関係の人たちや、母の友達や、そのまた家族や顔見知り。退屈を共有しながら、話をしたりたまに黙ったり、それぞれのことをしたり、飲み物を作ってちょっと休憩したり。

今となっては懐かしい、体さえだるくなるほどの退屈さだった。

聴きながら読みながらおしゃべりしながらうっかり寝てしまってさらにだるくなるけれど、そんな昼寝をたくさんした後には、ぱっちりと目が覚めて長い夜が楽しくなる。

ああいう時間を持つことはこの慌ただしい現代において、実は瞑想やヨガの「本質」に近づくことなんだと思う。

まず全てが波立っていて落ち着かない段階から、やがて精神が静止して眠気に入っていく、その真ん中のような静かに澄んだ時間。

そこにはだるさと退屈さの壁があり、そこを極めつくしてふっと抜けると異様に広くて気持ちのいい空間が広がっている。

そのだるい時間を罠と捉える人もいれば、なにかへの入口だと気づく人もいる。

その広々した空間にアクセスする時間を短縮することができれば、達人に近づいていく。

だるい時間はなんで訪れるのか？

それは調整のためだと思う。

なにを調整しているのか？

それは日常にたまった澱《おり》や垢のようなものなんだと思う。

それらがだるさとか退屈さとして、ゆとりのある時間の中に浮き上がってくる。もし浮き上がってくる機会が全くない場合は沈殿して積もり、塊として強固になり、慢性疲労や病気につながっていくように思う。


夜寝る前にちょっとしたストレッチと瞑想を兼ねたものを十五分くらいしている。

するとどこからともなく、その日一日の印象としか言いようがないものがじわっと表面にのぼってくるのがわかる。瞑想でいうところの雑念というものだと思う。

このもやもやはどこから来るのか、このだるさはなにが原因だったのか？

「季節」とか「年」まで離れてしまったらきっとどこから来たのかわからないと思うが「日」という短い単位だと、かなりのところまで特定できる。

そして驚くべきことがわかる。

すれ違いざまにいやなことを言った人がいたことや、自分が急いでいて家の動物たちに投げるようにかけた雑な言葉とか、そういうものが一個一個じわっと表面に浮いてくるのである。

なだめたり、すかしたり。あやまったり、はねかえしたり、きれいにしたり。別のものに置き変えたり、気持ちのよいことを考えたり。とにかくできるかぎりおそうじをしてから眠る。

この言い知れない明るい気持ちや幸せな感じや元気はどこから来るの？　ということも、よく見ていたらもちろん原因が特定できる。

どこかの店の店員さんのにこっと笑った顔や、落とし物を拾ってくれた人の手の柔らかい感触や。

そんなふうにどんな小さなことも取り逃すことなくすべてがつながって一日ができているること、その一日の積み重ねで一年が、そして人生ができていることがわかる。

それは、そうやってじっくり見てみないと無意識の闇に沈んでしまって決してわからないものなので、見つめるたびにこの世の完璧な仕組みのすごさに、毎回畏怖を感じる。これほど信頼できるシステムがあれば、そこに身を委ねるのがいちばんいいと多くの先達が思ってきたはずだよね、と納得する。

全く関係ないが、海の思い出で意外に大きい部分を占めていると後から気づいたのは、洗濯物の乾き具合のことだった。東京で洗濯物を午前の遅い時間ぎりぎりに干すと、夕方に取り込むときにまだ少し湿っていたりする。

どうしてだろう？　なんで海辺で干した洗濯物みたいにからりと乾かないんだろう。そう思って気がついた。

海辺の陽ざしが強くてすぐ乾かしてくれるからだけではなかった。

あの頃は、海から上がってすぐお風呂に入り、体じゅうほかほかになりながら水着やTシャツを洗って、夕方の光の中で物干しロープに干して、それを朝になってから取り込んでいたからだった。

夜に外に出歩いて帰ってくるとき、旅館の窓を見上げるとみんなの洗濯物が闇の中にはためいていていて不思議な光景だったのを思い出す。

夕陽と朝陽にとことんさらされて、洗濯物はぱりぱりに乾いていた。

良し悪しではなくて、洗濯物さえも時間をかけて乾いていたのだった。

門のイメージ、大神神社の鳥居です

プチどくだみちゃんとプチふしばな

◎今日のひとこと

この本の元になった有料メールマガジン「どくだみちゃんとふしばな」は、この、今日のひとことというレアな落書きコーナーから始まり、どくだみちゃんという『イヤシノウタ』[*1]（私の散文っぽい本のタイトルです）っぽいコーナーと、ふしばなというエッセイっぽい部分と、たまにこっそりするおすすめもののコーナーでできています。

大好きな不忍池の蓮たち

◎どくだみちゃん
せんたくもの

午前中に洗濯をして、朝日の中に干す。

全てが光にまみれてすっきりと輝く。

整然と干してはいけない。

たらっとしているくらいの感じ。べたっと、ずるっとしている雰囲気。

そのへんに布がたれさがっている、そのくらいのイメージで。

するとそれらは陽のアイロンにさらされて、ぱきっと伸びて完成する。

乾燥機がどんなに発達してもこれだけはできない。

良い香りがして、その衣類は数日そのままの良さを保つ。

それが実はダニの死骸の匂いだって言われても、かまわない。

光の力はもっともっと奥深くに及んでいる。


でも何かが少し違うなと思い当たった。

私が知っている洗濯物の力はもっと……。

そして思い当たった。


夏の海から上がって、歩いて砂まみれで宿に帰る。宿の入口の冷たい水道で足を洗う。

そして熱々のお風呂に入って、流し場でその日の洗濯物を洗う。

そのあと部屋にある小さな流し台でもう一度ゆすいでよく絞って、窓の外のロープに干す。

もちろんもう外は西日、夜がやってくるばかりだ。

闇の中で洗濯物は風にさらされ、一回湿り、そして朝思い切り陽を浴びて呼吸を始める。

　のびのびと夜気を吐き出して、潮風をまとう。

　私は泳ぎに行く直前にそれらを取り込む。着づらいほどにパリパリになった服たちは、はかり知れないパワーをまとっている。


　そうか西日と海風と明け方の光と。

　喜びと泳いだ疲れと海に行くわくわくした気持ちと。

　そんな条件に都会の光がかなうわけがない。

　海辺の宿のボロいソファに座って、真っ白に光って見える洗濯物を眺めていた日々。

　その向こうには緑の山とかすかに見える波のキラキラ。

　ノスタルジーがあふれだすあの光景よ。色褪《あ》せたじゅうたんのほこりの香りよ。

◎ふしばな

「ふしばな」は不思議ハンターばな子の略です。

　毎日の中で不思議に思うことや心動くことを、捕まえては観察し、自分なりに考えていきます。

　私が書いたら差しさわりがあることだって、私の分身が考えたことであれば問題はないはず。

　村上龍先生にヤザキがいるように、私には「ばな子」がいる。

　森博嗣先生に水柿助教授がいるように、私には「有限会社吉本ばなな事務所取締役ばな子」がいる。

　村上春樹先生にふかえりがいるように、私には「ばなえり」がいる（これは嘘です）！

　ちなみに私は村上春樹先生に所用でメールを書くとき、マジで「ばなえり」とサインしています。

　きっと苦笑しておられることでしょう……。

あるいは（こういうおっしゃり方ではないと思いますが）「ちげ〜よ！」と思っておられるでしょう……。

息子が描いた私、なにかがものすごく似ている

未知への渇望（がない……？）

◎今日のひとこと

書けるときはいやというほど書き「うわ、また来ちゃったか、どくふし」と思われる、書けないときは「来ないぞ、どうしてくれるんだ、どくふし。前のでも読むか」と思われる。

その程度のゆるさでも、あるとないとではじわじわと生活の何かが変わってくる、なんだかちょっと生きることが淋しくない気がする。そんな「鶴光のオールナイトニッポン」みたいなメルマガにしたいものです。

このメルマガのシステムのいいところは、自分で配信できるので、他のシステムみたい

うちで咲いた蓮です

に毎週何曜日の何時までに配信しなくてはいけないなどが決まっていないところです。作るのがどんなに大変だったか想像できるだけに、先駆者としてがんばってほしい。そのうち「ちょっと本が読みたいな」と思ったらここに来る、みたいなものになる可能性がありますし。そして本気で書けばきっと読んでくれる人が出てくるのはすてきなことです。

競合が出てくる、出版社とのつきあい方のさじ加減がむつかしい、著者の引き抜きがあるだろう、などなど難問は山積みだけれど、泳ぎきってほしいものです。Ａｍａｚｏｎは大好きだしお世話になっているけれど、カスタマーサービスに形だけでなく力を入れる日本人のだいじな中小企業魂のようなものも生き残ってほしい。

そういうわけで今のところはせっかくだから気まぐれに配信していきたいと思っています。

高城剛先輩（学校の先輩だから）や丸尾孝俊兄貴のメルマガが来ると「うわ、もう金曜日？」と思うので（彼らが悪いわけではない）、あまり定期的にではなく、ちょっとした読み物のごほうびがたまたま来た、というスタンスが私にはいいのかなと思います。もちろんこの本の元になっているメルマガは、最低でも月に二回は更新していきます。ただたまにほんとうにネットが通じない（靴に毒グモが入ってくるような）場所に行くことがあるので、そういうときは、あとからまとめて更新したりするやもしれません。

それにしてもホリエモンはすごい！　同じ

メルマガをあらゆる媒体で売っているばかりか、改行とか誤字とかもうほんとうにどうでもいい！　俺の生き様がコンテンツだ！　っていう心構えが伝わってきます。自分がちっぽけに思えてくる。皮肉でもなんでもなく、ああいう人はやっぱりこの世にいたほうがいい気がします。たとえムショに入ろうと常になにかを考えて自分の好みの方向に行動してしまうじっとしていられなさも他人とは思えない。ポジティブさというよりは好奇心の問題だと思いますが。

機会があって昔ホリエモンの側近と呼ばれていた健太郎くんという男性とたまにごはんを食べたりするんだけれど、とにかく賢いのです。そしてなにもかもが速い。自分が常にスローモーションに思えてくるくらい。お金の計算も速い、なにかを立ち上げるときのコストなんて原価と設備投資の初期費用をスマホで調べて儲けが出るかどうかを三秒くらいで計算してくれます。

あまりにも世界が違いすぎて価値観の違いを問う気にもなれないほどです。でもどこかに大きな共通項があるので、意外にいつも意見は合うのです。世の中の厳しさを知っているところだろうか？

なによりも言いにくいことを即はっきり言うところが彼のいちばん好きなところです。彼の部下たちも常にそうあろうと試みている様子を見るに、会ったことないけど、きっとホリエモンもそういう人なんだろうな。

「なんで散文のタイトルがどくだみちゃんなんですか？」と問われたので、お答えします。ほんとうは「どくだみちゃん」という新しいペンネームで書く予定だったのです。なんでちゃんづけなのかというと、私が四月から毎日愛犬のためにどくだみを摘んでいて、ずっとそう呼びかけて摘ませてもらっていたからです。

「どくだみちゃん、摘んでいいですかね？」と。

しかしその名前にしたらその後の「ふしばな」が「ふしどく」になってしまう！　そう思ってあきらめました。

この間、フラ友のはせまみちゃんが「宇宙飛行士になるためのわりと最後のほうのテストで『浦島太郎と桃太郎とどっちが好き？』という質問があるらしい。そして適合者は確実に『浦島太郎』というらしい」と言っていたのですが、どうもアメリカやロシアの宇宙飛行士ではなさそうな気がしますよね、その質問自体。

私は動物が好きだから、そして鬼が見たい！　というだけの理由ですぐに桃太郎を選んだんだけれど、考えてみたら亀を助けるという動物好きの自分にとっては当たり前の行為をしただけで、全てがアウェイなシティに連れていかれて、小説も書けない虚しい日々をパーリーピーポーと共に過ごしたあげくに、帰ったら家族友人がみんないなくて知らない世界で高齢者として一からやり直すなんて冗談じゃない！　と思うんだけれど、浦島好きはどうもその「不安に飛びこんでいく」「未知を求める」のがたまらない人らしい。

確かに、そうでもないと宇宙になんて行けない！

私は、宇宙服を着るのが面倒くさそうとい

う理由で全く宇宙に行くのに興味がないインドア（宇宙に出ているだけですでにある意味ではアウトドアと言えるのか？）派ズボラな人間ですから、いずれにしてもムリそうです。

しかしこの間、この本の担当の壷井さんに「外国の空港にへとへとで着いたら飛行機のゲートがいきなり変わっていて、よく聞きとれない上にこの時間内では入国＆乗り換えなんてとうていムリ！　みたいなことがあると、いつもほんとうに泣きだしたくなるんだよ」と言ったら、きれいな目をキラキラさせて「私はそういうときむしろ燃えてくるタイプです！」と言っていて、感動しました。ここにもいた、浦島太郎が！　そういう人がいてくれるから、私は現実に弱くても字など書いていられるんだなあと思っていつも深く感謝しています。

◎どくだみちゃん
オレンジのクロックス

特にだいじにしていたわけじゃなかった。

十年前くらいにオアフのカラカウア通りでビーサンとして買って、そこで選んだてんとう虫と四つ葉のクローバーのジビッツ（クロックスの穴につける飾り）をつけて、それからずっと室内履きにしていただけだった。

私は朝起きるとそれを履いて活動を始めた。いつでもそれは忠実に足元にあった。

赤ちゃんを抱っこしてあやすときも、愛犬が死ぬときにもかたわらにあったたし、震災のときも履いていたから割れたガラスを踏まないですんだ。

両親が死んだ日もそれを履いて過ごしていた。その頃はやたらに下を向いたから、そのオレンジが目にしみこむようだった。

もちろん疲れて霞んで見えたり、涙で色がにじんで見えることもしょっちゅうあった。

突っ伏して泣いていても、現実は動く。さあ家族に晩ごはんを作らなくてはと立ちあがったとき、私はいつもまずそれを履いた。


とことん履きぬいたクロックスがどうなるか知っていますか？

なんだか固まってきて、しかも内側がヌルヌルしてくるのです。ストラップも細くなってついにちぎれたから、やむなくお別れした。

今でもたまに自分がそのオレンジ色をぼんやり探していることがあって驚く。

すっかり別の室内履きに慣れてより快適なのに。

それが十年という時間のしみこみ。

いつか私が両親のようにほどよくボケたとき、きっと探すだろうと思う。

あれ？　あのクロックスはどこ？　あのオレンジの。いつも履いているんだけどねえ、どこに行っちゃったんだろう。見かけなかった？　どんなときでもいつもそばにいてくれたんだけれどねえ。

その間にあと五足くらいは代が変わっていても、その中にほんとうのお気に入りの室内履きがあったとしても、私はあのオレンジのクロックスを探すと思う。

そんなにだいじなら修理して履けばいいのにと思わなくもないけれど、ものごとには潮時というものがあるし、別れるべきときもある。

どんなに愛していても、自然に季節が変わって木の実が落ちるように、離れるべきものが出てくる。

もう疲れたよ、これ以上みすぼらしくなりたくないよ、と彼（彼女？）は言っていた。

そして私はいつか行くのだろう。

懐かしいものばかりの場所へ。そこに行けばとりあえず親とか死んだ友だちとか死んだ犬とか猫とかに会えるだろうし、きっとあのオレンジのクロックスが待っていてくれるだろう。

この世から、美しい気体となって消えていったものたちばかりがいる場所で。

タンタラスの丘から見えたダイヤモンドヘッド

◎ふしばな

正直でもなんでもどうせ嫌われる

思っていることをそのまま言うと、なにかとさしさわりがあるもの。

それを正直でいいね、と評価してもらえることはなかなかない。

とてもそうは見えないかもしれないが、私はいちばんだいじなものは正直さよりも、むしろ人をいやな気持ちにさせない思いやりだと思って生きている。

自分が自分に対してだけ、ちゃんと正直であればいいのではないかと思っている。

例えば「うわあああ、この人すごいがっつりメイクだなあ、こわっ！　時間かかるだろうなあ、とてもいっしょに旅行には行けないなあ、自分はここまでは一生しないな。きっともう少し薄いほうが美人なのに惜しいな」と思っているとして、そのことを相手にいちいち言う必要はもちろんない。自分だけがその感想をしっかりわかっていればいい。

ここで自分にうそをついて「ちょっと濃すぎと思っちゃいけない！　こんなにいっしょうけんめいメイクしてるんだから悪いよ！」と言い聞かせるのが、いちばんよくないんだと思う。

現実の対応は「ていねいなメイクですね、とてもきれいです」と言うだけ。もし意見を求められたら「私はそんなにきちんとはメイクしないですが、きっちりすることを否定はしてないです。アドバイスがあるとしたら、アイメイクだけ濃くするとか、バランスがあるほうが現代的かもとは思いますが、ご本人が好きなようにしていて楽しければ周りも楽しいし、濃いメイク好きの男性もいるので、いいと思います」だろう。

そして陰で舌を出したり、人に陰口を言ったりしないで、すぐ忘れることも肝心。

ちなみになんで旅行が出てくるかと言うと、前に合宿的なものでヘアメイクを毎朝二時間するという人と同室になったら、その人が朝五時から小さな電気をつけてメイクしはじめたのを見てクラクラしてしまい、気疲れしたことがあるから、いっしょの旅行は避けたいと思ったのを思い出しました！

あらゆる人に好かれるのは絶対むりだから、むりをしない程度に感情をちゃんと出して、合わない場所には自然にもう呼ばれないようにする、くらいのバランスを心がけている。

「うそも方便」まではいかなくても、メイクのたとえのように、その手前くらいのことはありだと思っている。

生きていくということはそもそも、いろんなことを感じても多少はそしらぬふりをしなくてはいけない場面がたくさんあるということでもあるから。

それでもなお「正直すぎる」とか「口は災いのもと」とか言われ続けてはや五十二年。

そこで出しすぎず、ひっこめすぎず、自然に流れるようにいられればと思うんだけれど、なかなかそうもいかない。そうもいかないのが人間というもので、どうしても知ってほしかったり、わかってほしかったりする場合や相手もあった。そんなときはみっともないくらい不器用にしか立ち回れなくなったりした。

自分で言うのもなんだけれど私は比較的優しくて、口数は多いけれどのんびりしていて明るいところが多い人間だと思う。

合わない人はいるけれど、その人にもきっとその人なりに私を嫌ういろいろな事情があるんだろうなあと思って、特にしつこく思い出したり憎んだりはしない。

人に良いことがあれば心からよかったねと思っていっしょに喜べる。自分がそのとき恵まれていようといまいと、人の幸せは幸せと思えるおめでたいところが自分にはある。

たとえものすごい美人やお金持ちに会っても「いいなあ、いったいどういう気持ちなんだろう？　いっぺんでいいからその気持ちになってみたいもんだなあ」とキラキラ想像しては自分の地味な生活に戻っていくだけで満足してしまう。

でも自分のどこかにものすごい濃さがあるのはわかっている。残念ながらセックス関係でないのはよくわかっているんだけれど、怨念でも情念でもない、さっぱりしていないなにか濃すぎるものを自分が持っているのは、なんだかわかるのだ。


それは人や状況を「見切る」「見やぶる」ような感覚に近いものだ。ふとしたときにきゆきゆきゆとなにかが見える。一瞬のうちに千メートルくらい潜るような感覚だ。

「わかった！」「この人そうだったのか」と思う。それで満足する。自分だけが納得する。そこで見たものを他人に対してぶつけることはない。

しかしそれは考えてみたらとてつもなく濃い、人をおびえさせるに価することなのだと思う。

ちょっとした知り合いがドバイに住んでいて、ものすごく豪華な写真を次々にＦａｃｅｂｏｏｋにアップしてくれるんだけれど、見ているだけで楽しい。もしかしたらいつか自分もここに行くのかしらというのがひとかけらもないからこそ、こんなに素直に楽しいのだろうか。

いや、わからない。いつかなにかのきっかけで遊びに行って長い時間を楽しく過ごすのかもしれない。わからないからこそ、人生は面白いのだから。

少なくとも私がその写真を見ては、アラビアンナイトみたいな豪華な内装のホテルだとか、ラクダに乗って砂漠を散歩だとか、すごいケーキが輝くお誕生パーティとかに気持ちをわくわくさせて、ああ楽しかった、また見せてほしい、この人にはずっと笑顔でいてほしいなあと思う気持ちは宙を舞って彼女に届き、決してその人を不幸にしないだろうなあと思う。

みんながそんなふうでいるだけで、自分の暮らしも同じくらい好きになれるのに、と。

実際私は、そういうのを見ているときただ興味しんしんで、自分と比べては考えない。ものすごく楽しい気持ちでいる。

極端な意見だけれど、成功者あるいは心身ともに健康な人は例えば2ちゃんねるなどに、あまり長い時間を費やしたりはしない人が多いように見受けられる。

先日ネットニュースで読んだのだが、グウィネス・パルトロウが貧困な人に配られるわずかなフードスタンプの金額で食べることができるメニューを考えて、ライムとか高いビネガーを少量買って、断食に近いヴェジタリアンの食生活を提案したら、貧困な人はそんな高いライムなど買えない！　と批判が殺到したという。

勇気を出して言うと、安かろう多かろう、そういう考え方だからこそ、貧困になってしまうのだと思う。どんな自己啓発の本にもそういうことが書いてあるところを見るに間違いないと思う。簡素でつつましい食事を少量ていねいに食べている人に、ほんとうにせっぱつまって貧困な人はなぜかあまりいない。お金持ちの体型がたいてい健康に保たれているのは、豪華なレストランに行って食べまくってからあわててジムに行っているからではない。体調や時間の管理ができているから、お金持ちになれたのだと思う。よく考えてみてほしい。比べるためにではなく、自分のために。自分の体のために（そう言っている自分がデブなのであまり説得力はないが）。

よく言えば人がいい、悪く言えば本格的におめでたいところがある人間だからこそ、たとえおっちょこちょいだったりアホだったり上滑りだったり聞いてなかったりしても、基本的には憎まれることはないだろうと心から信じて生きてきた。

そう信じることができていた若い日の自分をかわいらしいと思う。

しかし知名度が上がったらとたんに「とにかくいるだけで目障りだ」「吉本さんさえいなくなれば幸せになる」みたいな人がけっこうたくさんいる上に「素直で正しいことを言うからこそ気に入らない」みたいな意見までひんぱんに聞くようになった。

そこまで行くともう対処のしようがないので、吹っ切れてしまった。

一度、その人との時間はほとんど人生の中で持っていないのに、毎日呪ってくるあなたのせいで仕事もうまくいかないし、パソコンも壊れるし、周りじゅうの人が倒れた、と言われたことがある。

しかもその人はそれを文章に書いて世間に発表していた。

途中まで読んで「もしかして、これ私のこと？　まさか違うよね」と思ったくらい、ピンとこなかった。

無意識のことまでは責任持てないから、心からそう思われたのならその人にとってはそうなんだろうからなんとも言えないなあ、と思うしかできなかったけれど、すご〜く悲しかった。

思い当たるふしが少しでもあれば素直に認めるしかまわないんだけれど、ほんとうにならなかったのだ。逆さにふっても好意しか出てこない。

私は多少過労気味で対応が雑だったりザルだったりするかもしれないけれど、自分の人生を深く愛している。

毎日目覚めると神に感謝するほど、命に感謝している。

たった数人だけれどほんとうに深く理解しあえている人たちや、同じ思想でそれぞれの現場をがんばっている仲間たちがいて、満足している。

その人たちともめることももちろんあるけれど、話し合ったり、感情をぶつけあって数日で解決することがほとんどなので、この上なく安定している。

これまでの人生いろいろなことがあったけれど、そこまで大きく誤解されたことはなかった。

でもなんだかわかる。ある種の人は、私といるだけで自分の中のなにかが見えてしまって、つらくなってしまうらしい。

　それは私がすばらしいからでは決してなく、私にあまりにも裏表がなさすぎることで、いつのまにか鏡みたいな役割をしてしまうからみたいだ。

　そして親とか友だちを恨むような深い気持ちを投影して私を恨むようになる。

　そういうことが何回もあった人生だからこそ、傷つくというよりも、ただこつこつやるしかないと思うようになった。

　どうしても心の素顔を見られたくない人、見てしまったら怒りだす人というのが少なからず存在することも知った。

　尊敬している「兄貴」丸尾孝俊さんはこう言っていた。

「自分がひとりでいる姿と、人前にいる姿のギャップを極限までなくし、近づけたらいい」

　昔は、そんなこと絶対ムリだと思っていた。でもだんだんわかるようになってきた。穴があったら入りたいような、自分をとりつくろって背伸びして他の人に接していた若き日々を思い返してみても、やっぱりムリしたことは結局なににも結びつかなかった。だいたいの場合ライフスタイルの階層が合わないと過ごし方も違うから、結局仲良くなれないということも。それは貧富の差の問題ではなく、価値観の問題だ。

　裏表や、本音と建前や、表向きと裏向きの顔や、身内だけの噂話や。

　そういうルールの中に生きていきたい人もいると思う。そんなゲームとして人生を楽しむのもひとつの生き方だ。でも、私はその夕イプではなかった。

あきらめてそういうものをどんどん減らしていったら、どんどん自由になった。


その驚いてしまったできごと以来、私は、人のことはあんまり気にしないで自分の楽しいことをする、という方向性に狭く小さく移動していった。

その人にも憎しみは全く感じていない。ただ私のことを早く忘れてほしいなと思うだけになった。

いっしょに過ごした数少ない時間の中の、楽しかったことや優しかったこと、その人のかわいい姿や明るい笑顔だけ、思い出すようになった。楽しかった時間をありがとう、幸あれと、ただそれしか思わない。

また歳をとればとるほどおばさんになってあつかましくなってきて、いろんなことが気にならなくなった。今日のおやつはなにがあったかな？　甚五郎煎餅？　いや、あれはもう食べちゃったなあ、やっぱりどら焼きだな！　みたいなことを大まじめに考えていると、ほんとうに忘れてしまうよう。

そんなあほみたいな私だけれど、ものごとを考えるのは大好きだ。

人と生き方考え方の上で違いがあったら、その違いを自分で考えるためにもその人の考え方の形が知りたい。

世の中ってそんなに全てが玉虫色ではないはず。

両極端の意見があってこそ、多様性の中に奇跡も生まれる。

でも、自分にとって好きな意見でないものに触れると「損をした」と言って怒り出す人だってたくさんいる。

そんなふうにお互いが話し合う気持ちもないような人々と過ごす、よく意味のわからないきつい時間を支えてきたものは、ただひとつ「救われた」「命の恩人だ」と言ってくれる人たちの存在だった。

そういう人たちがいるからこそ、あまり向いていないかもしれないこの仕事をやってくることができた。

私は自分の受け持ちの人に幸せでいてもらう手助けをすることしかできない。たったひとりの人間にできることはそんなに多くはない。他の人たちまでは担当できない。それから私には書くことしかできない。実際会えばただ口ごもっている中デブのおばさんがいるだけで、なにもできない。

それぞれに合う世界があって、だれも押しつけ合わなかったらいいと思う。

人の心にいちばんだいじなものはそんなふうに生まれる豊かな隙間だと思う。

隙間があるからこそ、人々はいろいろな発見をしたり心の力の秘密を見つけたりする。

でも見つけられてしまうと困ってしまう人が権力側にはきっといて、なるべく人々の心を忙しくして時間を奪って、深く考えないようにというシステムの中で私たちは育てられている。

たったひとつ抵抗する術は、経済的にそんなに豊かでなくてもいい、ちゃんと働いて税金なども払って、頭の中の自由な世界に深く泳ぎだすことだ。

そこには星空があり、たくさんの緑と木の草の匂いがして、清らかな空気と冷んやりした風があり、海はなだらかに続き、永遠に生きられるような気がする。私たちはその気になれば毎日そんなところにアクセスできるのだと思う。

根が明るいということは、人をいらだたせる反面、人の人生を救うこともあると思う。

思春期を過ぎ、とても書けないような暗くつらいこともたくさん経験したけれど、明るく生きようと努めてきたと思う。私はいつもどこか楽天的でおいしいもの好きでのんきだった。それが私をすさまじい出来事の数々からサヴァイブさせたのだと思う。

私は自分の考えをゆっくりつきつめる時間の過ごし方や、急に降ってくるインスピレーションを少しでもゆっくり味わい感じるために生まれてきたのであって、忙しくするためや自分を差しおいて人を救うために生まれてきたわけではない。

ただぼんやりとしていたら、自分が思い切り自分を生き抜いていたら、いつのまにかまわりの人も少し元気になっていた、そんなふうであるといいと思う。その境地まではまだまだだけれど、少しずつ近づいていっている。

もうひとつ。

おめでたい人は、おめでたい人に出会うとすぐにわかる。

おめでたい人同士はいつもそういうわけで少し孤独な状態になるので、同じおめでたい人に会うと嬉しくて、おめでたさが倍増して強くなる。

ほんとうに困ったことが現実に起きたとき、おめでたい人は口ばっかりだったり自分のことで手いっぱいだったりするから、実際に助け合えるわけではないことが多いかもしれない。でもその励ましはおめでたい仲間には強く届き、やる気をふるいたたせる。

実際にものごとを解決する中では、手伝ってくれるのは堅実であまり希望的観測を口にしない、地道に手足を動かすタイプだったりすることも多い。

でも、その役割分担こそが人類の美しいところでもある。

おめでたい役割の人はそれを全うしたほうがいいのだと思う。

地道に手足を動かす人たちは「おめでたい奴らが、またなんか騒いでら」と思いながらも、自分のよいところを見つけて励ましてくれるおめでたい人に力をもらったりする。それがバランスの取れたすばらしい世界のありかたかも。

いちばんだいじなことは「向上心」なんていうものに惑わされて、自分の役割以外のことにうっかり手を出さないことだと思う。

自分のできることを、たとえちょっとしんどいときでも全うするだけのほうが、いいのではないだろうか？

毎年咲いてくれるトケイソウ

神々の集い（キリンもいるし）

◎今日のひとこと

産後、毎日くらくらしたので病院に行き、検査で重度の貧血だとわかったのはすごくよかったことだったのですが、そのあと、貧血で通ってるはずなのに毎回検査のために試験管で四本分くらい血を抜くのはどうしたもんじゃろうのう〜？　と思いました。

その後、貧血のために飲んでいた鉄剤が強すぎて胃に穴が開いて、胃からブシャーと血が出たときも「本末転倒な気がする」と思いました。さらには胃の穴のために胃薬を飲んだり胃カメラを飲んだり、これもどうなんでしょう、このままでは病気が病気を呼んで病

夫のお父さんのうちのカオスな神棚！

人になってしまうだろう、と思いました。

そこでいったん病院通いをストップし、鉄瓶、鉄のフライパン、鉄卵などをやたらめったら使ったり、睡眠を取ったり、飲尿はむりだったのでなめ尿をしたり、漢方薬を飲んだり鍼《はり》に通ったりしてついに完全に直したとき、生まれて初めて体と友だちになった気がしました。

あのときの「時間はかかったけれど自信がついた感じ」、大切に思っています。

かといって西洋医学を否定しているわけでもないので、ケースバイケースだなあと思っています。

ちなみに、そこの病院に通っていていちばんウケたことは、隣で待っていた若社長っぽい人に、看護師さんが「血糖値がかなり高くなっているので、空腹時の血糖値をもう一度測ります。お昼は召し上がらずにもう少しお待ちください」と告げたら、その人が身をよじって「ええ～っ、いやだよ、それじゃあお腹すいちゃうじゃない！」と言ったことです。

おまえさん、血糖値がめちゃくちゃ高いから病院に来てるんじゃないのかい？　ここまで人任せに生きられるなんて！　と思わず吹きました。吹いたことをごまかすために咳ばらいもしました。

血液検査をきちんとできたことと、そのできごとを見た旨みだけで、あれだけの血を提供したもとは取れた、そんな気がしています。

◎どくだみちゃん

赤ちゃんがいる暮らし

あんなに頼りなく小さな体、うっかり落としたら割れてしまいそうな柔らかい頭。

小さな指が尖ったものを握らないように、小さな口が汚れたものを口にしないように、いっしょうけんめい気持ちを張りつめて一緒に出かける。

毎日が命がけの気分だった。


ずっと守っているつもりでいるから、いつでもいっしょうけんめい細かいことを考える。

扉を開けて閉めるときも、階段を降りるときも、心の中の防衛の嵐はつねに吹き荒れている。

それなのにあまりにもスヤスヤ寝ているとうっかり存在を忘れてしまったり、自分がへとへとになるとちょっと雑につっかけを履いて抱っこしていたり。


お互いによく無事でいたね、今日一日。

毎日そう思った。

体はまるで一日中運動していたかのように疲れ果てていた。

清々しい疲れとは言えなかった、神経を使いすぎて。


そんなにも守り抜いてきた小さきものだったはずなのに、まっ暗い部屋の中で赤ちゃんが寝ているのを見ると急に心細くなった。

どうしてだろう？　今までとても大きな優しいものが、私といっしょに起きて一日を過ごしてくれていた気がするんだよ。

そして私のことをずっとなにものからも守

ってくれた。

一日中なによりも私を好きでいてくれた。

私なんかよりもずっと偉大で大きなものが寝てしまった。自分は弱く小さく複雑になっていくばかり。

そんな感じがいつでもしていた。

◎ふしばな
切ない女風呂

私は結婚していないがパートナーがいて(以降は様々な要素を簡略化して夫と表現します)、その人との間の子どもがひとりいて、そして彼のお父さん（以下おじいちゃん）は八十九歳でまだまだ健在だ。関東地方のとある街でワイルドなやもめ一人暮らしをしている。


私はおじいちゃんがとても好き。

夫と知り合う前につきあっていた人はとても陽気な家族を持っていた。いつも笑いが絶えない人たちだった。

彼らは食べることが大好きで、いつもにぎやかで、夜遅くまでみんなでしゃべり、毎日お母さんのおいしい手料理を食べた。

みんな仲が良くてしょっちゅういっしょに遠出した。

私の家族はみなすばらしい人たちではあったが、そういうライフスタイルではなかったので、普通の家庭の幸せを私は全然知らなかった。

人生初めてのその幸せな時間をくれたその人たちのことを今でもとてもありがたく思っている。

今の夫と出会ったことで、その楽しい人たちと別れざるをえなくなったのは、とても悲しいことだった。

急におじいちゃんの、おばあちゃんはもう亡くなっていて女っ気がないひとりやもめライフの家に遊びに行ったときは「彼氏の実家界」のカラーのあまりの違いにかなりしょんぼりした。

静かなのにも、晩ごはんのときにお酒を飲まないのにも、早寝早起きにも慣れていなかった。私は「まず宴じゃ！」みたいなとこことん享楽的な家に育ってきたし、前につきあっていた人のご家族のにぎやかな歓迎に慣れてしまっていたからだ。

でも、いっしょにいるうちにじわりじわりとその静かなお父さんの面白さや美しさが伝わってきた。

大好きなあのにぎやかなご家族を否定する気持ちは今もひとつもない。ただ、あのにぎやかさはやはり人生の悲しみや虚しさ、病気への恐怖などを紛らわせるものだったのだなあと思う。

おじいちゃんには、紛らわせるという思想そのものがないのだ。

最愛の妻が亡くなったことさえも紛らわせないで、ただそのまま抱いて同じ生活を歩んできた強い人だ。

ただ人生というものにそのまま等身大で向き合っている。なにものにもおじけづかないその強さを私はだれよりも頼もしく思うようになってきた。

おじいちゃんには月に一度くらい会いに行く。

この先介護をするのかどうか（たぶんこのなまけた私にはできないだろうからしないと思う）わからないけれど、淋しい思いはさせない、仕事を減らしてでもなんでも会い続ける。それだけができることとして決まっている。嫌いとかうとましい感情がひとつもないということだけが、ダメダメで嫁でさえない私が誇れること。

おじいちゃんは放っておいたらお風呂に入る気がほとんどない。風呂に入ると体に悪いくらいに思っている。

「さすがにわきと股だけは拭きますけれどな」と飲食店で大声で言っていた！

だからたまにはお風呂に入ってもらおうということで、いっしょに温泉に行く。

温泉ではだらだらだらしたい私としては、はじめは思う存分だらだらしたり、酒を飲んだり、夜中にポテトチップスを食べたり、浴衣の前をはだけてごろごろ寝たりしたくてもできなくて気詰まりだったのだが、だんだんおじいちゃんといっしょにいること自体が目的になってきた。そしておじいちゃんの目の前でいつも通りだらだらするようになってきた。

昭和ひとけた生まれなのに、ヘソを出していびきをかいて床に寝ている私を許してくれるなんて、ほんとうに広い心の持ち主だと思う。内心苦々しく思っているようすもなく、そっとふとんをかけてくれる。私は寝たふりをして、いつも嬉しくてほんわか幸せになっている。

むしろ初期に家事をやたらに手伝おうとしたりした頃のほうが、いやがられたような気がする。やもめ城でひとりで暮らすってそういうことなんだろうな。

旅館に泊まると、男湯に他のみんなは楽しそうに行ってしまい女湯には私だけ。

たまに家族風呂があるところだと夜中に家族三人で入ったりするんだけれど、基本は私がひとり女湯へ行く。

女湯の露天風呂に入っていると、男湯の露天風呂から三人の楽しそうな声がしてくる。

子どもは男湯に行く年齢になったらもうひとりの人間だ。はじめはさっきまで抱っこしていた子どもが急にいなくなってひとりになったようで淋しかった。子どもがうんと小さい頃って不思議なことに、物理的に少し離れただけで皮膚の表面がひりひり痛いような、体がつながっている感じがお互いにあるのだ。

子どもが生まれたとき私の父はもう歩けなかった。いっしょに出かけるときもいつも車いすだったし、旅行もほとんどいっしょに行けていない。

父と母が亡くなってから、まだおじいちゃんがいることの嬉しさがどんどん大きくなってきた。息子がおじいちゃんと過ごせることや、私にも親切にしてくれることの幸せ。父の葬儀にも母の葬儀にもおじいちゃんは遠くから来てくれた。抱きついておいおい泣きたいくらい嬉しかった。もう安心だ、まだこの人が生きていてくれる、毎回そう思った。

だからお風呂で男湯から彼らのはしゃぐ声が聞こえてくるととにかく嬉しくて幸せになり、涙ぐんでしまう。

一回、本気でおいおい泣いてしまって、いっしょの風呂にいた女たちになんだか事情はわからないけれど気の毒な人として優しい目で見られたくらいだ。

　ひとつ世代をまたいだやりとりにはその重なる声の響きだけでも奇跡みたいなきれいな匂いがする。めまいがするほど幸せという気持ちを、私はそのときに味わっていた。


　子どもとおじいちゃんの、そして私とおじいちゃんの一瞬一瞬が宝物のように思える。それは残された時間が長くないからでは決してない。

　まるでいつもどおりに、ありのままにだらだらと過ごしているのに、そこにおじいちゃんがいるだけで安心で、この世のこわいことや不安なことを考えなくていいような感じがするからだ。

　あまりにもおじいちゃんの生き方が清潔すぎて、終わりがあってもなくても、私たちがこの存在の大きさに守られていることは同じだと確信できるような感じがするのだ。

　頑なで淋しがり屋で人見知りだった私は、おじいちゃんのあまりにも普通であたりまえの生き方に触れて、自分を作らなくなった。

　不安や恐怖の力では、幸せは消えない。幸せは永遠の生命を持っている。

カプリ島に咲きみだれていたブーゲンビリア

試行

◎今日のひとこと

思う存分自分の媒体で自由に書く、そこである意味本音をぶちまけるというのは、よく考えてみたら父が自分で出した同人誌でやっていました。その時代は入稿して校正して印刷して注文を取って発送するというのが全部自分たちとボランティアの方たちだったから、母などすごい苦労をしていましたし、刊行時期は廊下が発送を待つ「試行」（その雑誌の名前）でいっぱいだったので子ども心にも本を出すのは大変だなあと思っていました。

だから今、それらをやってくれる出版社さんに足を向けて寝られないのかも！

私の両親の力関係がよく出ている写真

そこに載せている父の発言がもうほんとうにすごく過激で、人のことを実名でバカとか好き放題書いていて、これは怒られてもしかたないわ〜と思いました。

そういうことを知る前は、こんなに謙虚でいい人なのになんであんなにも憎まれるんだろうと子ども心に思っていたんだけれど……。

言ってることが基本正しいからなんとか生きていけたんだと思うけれど、内気な人ほど内面は過激だったりしますね！

そして父は体の弱い母のために、毎日家族のごはんを作っていたんだけれど、食卓についた母が堂々と「まずい！」「こんなの食べられない」などと言うわけですよ。

そんな中で姉は「おい、そこのお×××
×、ちょっと雑誌取って」とか言ってるわけで（ジャンルが違う正直さ？）、こんなにも歯に衣着せなすぎな家に育ったからこそ「もっといろいろオブラートに包もうよ！」という、優しいというか気の弱い自分になってしまったのかもしれません。

それでも人々に「はっきり言いすぎ」としょっちゅう言われるのだから、私がどんな「歯に衣着せぬ虎の穴」で育ったか想像して

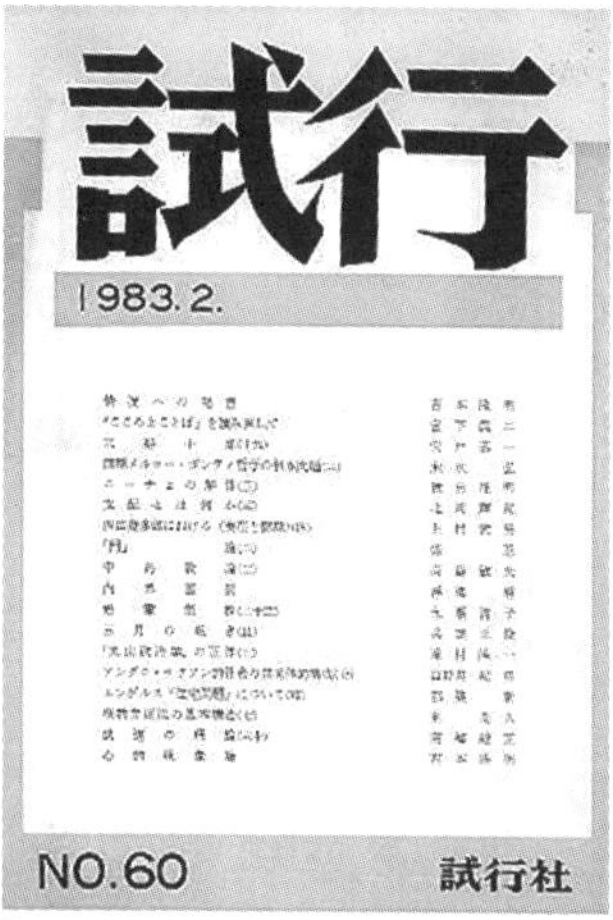

「試行」の表紙

みてください！

廊下いっぱいの「試行」は、家族にとってはその意味も実際にも重いものではありましたが、父にとっては夢の象徴。今もだいじに取っておいてくださる方たちがいます。押井守監督も購読していたっておっしゃっていたし。それを聞いたときは嬉しかったなあ。

父の夢を（私はちゃんとオブラートに包んでますが）こうして電子で引き継いでいくのは嬉しいことです。

電子の時代の今、懐かしいのは廊下いっぱいの新しい紙の匂い。つるつるした表紙の感触。「試行」はデザインもよかった。母の兄がやってくれたらしい。

◎どくだみちゃん

こんなに早くそのときがくるなんて

いつの間に離れてしまったんだろう。

ついこの間まで小さな手はいつも私の手の中にあった。

ひとりで過ごす時間がいっときもなかった。

生まれて初めて私はひとりじゃなかった。

小さい頃から家族といても、恋人といても、いつも淋しかったのに、この期間だけは淋しくなかった。

いっしょに食べていっしょに汚して、そのまま床でいっしょに寝た。

熱い体の感触を分かち合って、巣の中の動物みたいに。

床の感触が気持ち悪い、なんだかいろいろなことが疲れてどうでもいい。あっちにもこっちにもいろいろ散らばっている。さっきあれをやったのにもうこれをやらなくちゃいけない。

そんなふうに思っていたのに、そんなことばかり考えているうちに、
急にふっとひとりぼっちになった。

いつのまにか夕方ぼんやりとひとりで買い物に出ている。

ついこの間まで、にんじんとパンとハムを買うくらいのことで、なんでさっとひとりで行って帰ってこれないんだろう？　なんて不自由なんだろう、幼児がいるって。

……っていらいらしていたはずじゃないか。

いつのまにかひとりになっていた。ひとりで夕方の街を歩いていた。だれのことも気をつけて見てなくていいし、だれとも手をつないでない。私は私としかいっしょにいない。


ほんとうにあっという間だった。

もう一度あの日が来たら、いつまでも出かけないで小さい子といる。

ただにこにこ笑って、その子の顔だけ見てる。

そう思うから、人の家の子と遊ぶのが好きなのだ。

取り戻せない時間を違うピースで埋めたなら、あの日の私の無頓着を、いらだちを、焦りを、子どもの顔以外のものに、今目の前にないことにばかり憧れた無知な時代を、こんなにも悔やむことはないだろうと思うから。

涙が出るほど淋しく思い、あの日のあの子に謝りにいきたい。

今のあの子に謝っても「あっそう、別に」

って言うだけだから。

息子が描いた寝ぞうの悪い私

◎ふしばな
珍なるものとクレイマーママ

あるとき、そういうわけ（少し前のふしばな「切ない女風呂」（P45）で書いたような理由）でおじいちゃんといっしょに恒例の温泉旅をして、とある宿に行った。案内されたとても狭い部屋の真ん中には、大きなバルコニーがあった。

寝室にはびっちりとふとんが四つしいてあり、トイレに行くには人のふとんの上を通っていかなくてはいけないほどの狭さ。TVのある部屋も四人で座ったらぎっしりで、だれかが動きたかったらいちいち座椅子を動かさなくてはいけないほど。

部屋には風呂がなかった。

そしてその部屋の中でいちばん広いスペー

スと言っても過言ではないのが外のバルコニーであった。大きな椅子が数個置いてある。

「ほんとうはここを露天風呂にしようと思ったけれど、やっぱり最近はこちらも湯量が足りなくなったんですかな？」

とおじいちゃんが客室係のお兄さんに大声で聞いて、私と夫は必死で笑いをこらえた。

「そちらはバルコニーでございます。座ってお休みいただけます」

と客室係のお兄さんはまじめに答えていた。

私は心の中で「今は真冬だよっ！」と答えた。

そして彼は言った。

「大浴場は一階にございます。そして、その大浴場なのですが、夜十時から十二時まではは貸切となっていまして、本日はもう予約がいっぱいになっておりますので、お客さまは今日はお入りいただけません」

なにかの冗談かと思ったけれど、彼は真顔だった。

たった六組しか泊まれないその宿で、なんでそんな不思議な時間設定をしたのか私にはわからない。

しかし一般的に考えて「部屋風呂がない」温泉宿に来て、夜十時から十二時までお風呂に入らない人がいるような気が、ど〜う考えてもしない。

せめて前もって言ってほしいし、同じ値段で宿泊している人の中に「夜、大浴場に入れる人と入れない人」がいるというのが摩訶不思議だった。

「え〜（かなり長めで深めのえ〜）？　それはもうしかたないですね。ところでバーは何時まで開いているのですか？」

と私が聞いたら、

「バーのほうも予約制となっております」

という答えが返ってきた。

ちなみに電話しないでだめもとで行ってみたらバーには入れたが、五人しか入れないバーであった。

いつも言うので言い訳がましいけれど、これはクレームではない。

なにかを正してほしいわけでもない。ただひたすらに不思議なのだ！　この不思議をハントしたいのだ！

段階を経てずれていくと、どれほど本質から離れてしまったか当事者にはわからなくなってしまうんだなあ……と私はしみじみと思った。

ニーズに合わせて細かく設定しているうちに、だんだんと「温泉宿とはなんぞや」（それは好きなときに何回でも温泉に入り、自分で食事を作らず、日常の仕事を離れてくつろぐ場所です）ということとか、「温泉宿にあるバーとはなんぞや」（それは好きなときに温泉に入って気まぐれに立ち寄ってお酒を飲めるのが売りの場所です、浴衣でカウンターに座れます）ということからいつのまにか離れてしまうということだ。

だんだんと合理的で快適になっている場合もあるけれど、こうして珍妙なことになっているケースもある。

歳をとるということは、合わないところにはもう行かないという選択ができるようになることだ。しかしすでにもうそこにいてしまったら、楽しむより他はない。きっと働いている人たちは心から「私たちはいろいろ要望を聞いてだんだんよいシステムを構築していっているのだ」と思っていると思う。

しかたないので夕方のうちにお風呂に入ったら、お風呂の中に棚があって「濡れてもいい素材でできた本」が数冊並んでいた。「ピノキオ」とか「坊ちゃん」とか、さしさわりのないセレクトだった。

きっと「お風呂に寝転んで本を読むという試みがいいんじゃないの」と頭で考えて良かれと思ったのだろう。

そしてきっとまじめなお客さんは「それはいいかもしれない」と頭で考えて、そのセレクションの中から本を選んで、風呂につかって読んでみるけれどまあどう考えてものぼせるし、頭に入ることはないだろう。

「頭で考えて、良かれと思って」ということはたいてい、どんどん本質からずれていく。

そうか、と私は気づいた。

ここにはだれかの強烈なイメージ力、それを実現しようと思った強い引力が欠けているのだ。

「天空の森」[*2]というとても変わった、そしてすごく値段の高い宿泊施設がある。基本的に他のお客さんとは一切会わず、広大な山の中でただ一晩を過ごす。

取材で社長にインタビューをしたので半日そこで過ごしたことがあるが、すばらしかった。

そこではなにもかもが調和していた。企画だけが先走っているのでもないし、価値観の押しつけもない。高いからってどんなわがままも聞いてくれるわけでもない。

ではそこにはなにがあるのか。なんで全てが調和しているように感じられるのか。

そこにはまずヴィジョンがある。複数の人が頭で考えたものではなく、その山の持ち主である社長の頭の中にある世界をこの世に映し出しただけ。その世界がほんとうに細部までイメージされていないと、ちぐはぐになってしまうが、社長は考え抜いていた。

私はいろいろな角度から聞いてみた。彼のヴィジョンは常にはっきりしていた。こんなときにこうしたいでしょ、こういうのが見えたらこうであってほしいでしょ。こういうのは感じよくないでしょ。

私はふとどうしても聞きたくなって、

「どうしてトイレのメーカーはこちらなんですか？」

と聞いてみた。

「だって、ここしかいいところがないんだもん」

彼は言った。

「ですよね、私の家のトイレは作りつけで、メーカーは何々なんですけれど、なんだか掃除しづらいのと、使いづらくて、お金が貯まったら付け替えようと思って」

私は言った。

「それはねえ、絶対取り替えたほうがいいよ！　だって人生の中でトイレにいる時間は長いんだよ。そのほんのちょっとのことが、すごく大きいってわかるから。その数十万がどんなに意味があったか、後でわかるものなんです。まず変えてみましょうよ！　小さなところを変えたことで見えてくるものがとってもだいじなんだから」

彼は言った。身を乗り出して、私の目をま

っすぐに見て、決して押しつけがましくなく、大切なことを人に教えるときの人の顔をしていた。

私はなんだか感動してしまって、ああ、全てはまず人の心の力、ヴィジョンありきなんだ、イメージする力がこの世を拓いていくんだ、と思った。

それがないから、ずれていってしまう。

その不思議な設定の宿での夜、そういうわけでお風呂に入れなかったので、おじいちゃんといっしょにドキュメンタリー番組を観た。

ヒトラーや収容所の恐ろしい光景。映像で見るとこれまで知識として知っているくらいで知っているつもりになっていることをますます実感できる。

終戦のとき、ドイツ人の一般市民は、閉鎖する前に収容所をその目で見ることが義務づけられた。まだ痩せこけた裸のユダヤの民がいる収容所、遺体の山が積んであり、恐ろしい実験の数々が無造作に展示されている中、ドイツ人たちは泣きながら、あるいは気絶したりくずおれたりしながら歩いていた。

「ごめんなさい、知らなかったんです」と言うドイツ人たちに対して、ユダヤ人たちは言った。「いいえ、あなたたちは知っていました」

映像と共に見たその言葉は一生心に残るだろう。

おじいちゃんは満州に行ったり、終戦後にロシア人にいじめられたり、中国人と共に働いたり、その体で戦争を経験している。そんな人といっしょに第二次世界大戦の番組を観るのは不思議な感じがした。

今となってはお風呂に入れなくてよかったとさえ思う。ふたりで並んで観た終戦の光景、その時間は貴重なものだった。

翌朝しっかりお風呂に入ってから、もう来ないと思うけれどいちおう書いておこうと思ってアンケートに「貸切の時間にお風呂に入れないお客さんには少し割引するとか、前もって貸切の予約をしますか？　と告知してくれないとわからないので、温泉に来て寝る前にお風呂に入れないのは予想できないことで、体についた鍋の匂いなどと共に寝ることになり悲しいです」とすごく優しい書き方で書いていたら、

「ママって、立派なクレーマーだよね！」

とのぞきこんだ子どもに嬉しそうに言われて、恥ずかしかった。

良くなってほしいからでさえなく、正義感でもなく、黙って帰って二度と来ないけれどごめんと思っているからでもなく、じゃあなぜ書くのだろう？

きっと多少微妙なところがあっても「頭で考えていいと思う」人は、予約時に早めに風呂を貸し切ってリピーターになるのだろう。そして宿は続く。私たちは二度と行かない。道は別れる。現実的にはそれでいいんじゃない？　と思う。

ただ「不思議」「珍」だから、この中になにか本質的なことが入っている気がするから、いちおう気がすむように知らせておくという感じだ。

私の予想だと、きっと珍なるものはこの国でこれから、どんどんどんどん増えていって、珍でさえなくなるのだろうと思う。そのとき

どこに脱出すべきか、あるいはどういう佇まいで存在すべきなのかは、ちゃんと考えないといけないと思っている。

かなりレアなデュエット写真

心にアイドルをなっしー

◎今日のひとことなっしー

ふなっしーが武道館のど真ん中にヒャッハーと出現して、みんなが叫びながら泣いているのを見たとき、なんだか歴史的にたいへんなところにいあわせちゃってるな！　と思いました。

アバンギャルドというかアナーキーというかシュールというか……。

そして自分の目からもたくさん涙が流れていました。ついにほんとうに目の前でふなっしーを見ちゃった！　なんてすばらしいんだろうって。

ふなっしーが生きて歌って踊っている奇跡。

PARCOのイベントでふなっしー像と撮った写真

それに全く手を抜かないで寄り添う高見沢さんや氣志團やゲストの方々（近くで見た沙也加ちゃん超かわいかったです）。

　その空間はとんでもない優しさに包まれていました。

　中身がなんだろうともうかまわない、ふなっしーが大好きだ！　と思っているファンの私たち。

　ほんとうの意味でのポジティブなメッセージだけをウィットに富んだ表現と卓越した身体能力で発信している現代の奇跡梨よ。

　ほんとうにすごい梨！


　初恋の人がドロンパだったというだけのことはあり、私があんな不思議な生き物に惹きつけられたのには理由と歴史ありです。

　菊地成孔さんに「そうか、Qちゃんみたいに下があいてたらだめなんだ、ふなっしーやドロンパみたいに、足まで閉じた形がいいんだ！」と分析された私！

　子ども「ママがんばってスタッフさんに頼んで楽屋に行きなよ」
　私「いや、お疲れのところ申し訳ないからいいんだよ」
　夫「そうだよ、あの人は暑いから一刻も早くあれを脱ぎたいんじゃない？」
　……あれ、となな？

　船橋の梨園にて
　梨園の人「ああ……あの……ええと、方はね、呼んだら来てもらえるような忙しさじゃないからね。来たいときに寄ってもらえればね」

船橋のお寿司屋さんにて

親方「あの……ええと、梨はねえ、うちには来たことないけど、友だちは来るんだよね。もっと、あっちのほうに住んでるよね」

お客さん「う、うん、そうだねえ。もう少しあっちのね。公園のほうね」

地元でも優しく守られてる！

全身にグッズをつけた人たちがまるで宗教の集いみたいに、武道館のまわりを青と黄で埋めつくしていました。

その人たちは、決して若者だけではない、もしかしたらひとりぐらし？　という淋しい見た目のおじさんや、やっといらした感じのおばあさんや、家族連れや、車椅子の方や。強いて言うならサービスエリアみたいな雑多な客層でした。でもこんな多様な日本の人たちが、毎日ふなっしーの存在に支えられて生きているということがひしひしと伝わってきて、そのことだけはみんな共通で本気なんだということが痛いほどわかりましたので、胸がいっぱいになりました。

夫が「思ったよりもずっといいライブだった。ふなっしーがなにか特別なものだということが、よくわかった」と言ったとき、私はその大勢の、ふなっしーに支えられている人たちの心からの笑顔を周りに見ながら、またちょっと泣いてしまいました。

◎ふなふなちゃん

あの夏

同じ街に何回も降りたつと、どんどんその

街が好きになってくる。

　ましてそこに住んでいる人のおうちに行ったりすると、まるで住んでいるような気持ちになる。


　船橋の風はいつも潮の香り。


　取材だったから、私はいつでも主人公の気持ちになって街を眺めた。

　悲しくて、切なくて、いっしょうけんめいで、気をはっていないと壊れてしまいそうな主人公の気持ち。


　駅ビルの地下のスーパーに行って、主人公は自分をふった恋人が別の人といるのを見てしまう。幸せな家族連れや、気楽に食品を選ぶ会社帰りの人たちに混じって、ひとりだけ急に違う悲しい世界に吸いこまれてしまう瞬間だ。

　彼女の目で見た食材は全て悲しく見えた。主人公は泣きながらエビとか牛乳を買う。その動線をたどりながら、私まで泣きそうになった。

　主人公が引きこもりの親友とお寿司を食べるシーンのために、お寿司屋さんで席の位置を考えた。あのおとなしい人たちだからきっとはじっこ。そうするとカウンターの中はこういうふうに見えるんだ。

　それは、体も少し不自由で引きこもりで外に出たくない親友が、彼女が泣いていたらがんばって出てきてくれた、そんなシーン。

　いい友だちがいてよかったね、と私は思った。

全ての取材が終わったとき、私は船橋から電車を乗り継いで、地元の駅に帰ってきた。
ふるさとを後にしたような、だれかと別れたような。ぽかんとした気持ちだった。

もうすぐ夏が終わるというときだった。風の中には秋の匂いが少しだけ混じっていた。
それでも空には入道雲が浮かび、駅から歩いてくるとうちにある大きな蓮の葉が風に揺れて迎えてくれるのが見えた。

終わったんだ、と思った。

いちばん幸せだったのは、市場に行ったあと川沿いの長い遊歩道を散歩しながら知人の家に寄らせてもらって、山盛りのとうもろこしをおやつにいただいたこと。
歩き疲れていた私は初めて行ったその家で、私のアシスタントさんとそこんちのちびっこがきゃっきゃ遊んでいる声を聞きながら昼寝してしまった。

目を覚ますと、知人はお母さんらしい優しい後ろ姿で立ち働いていて、アシスタントさんとちびっこはまだいっしょに遊んでいた。テーブルの上にはまだとうもろこしがきれいな黄色で盛られていた。
まるで時間が経っていないみたいに、そのままだった。

私の眠気はすっかり晴れて、世界が違うふうにまぶしく見えていたのに。
目覚めたとき、私は幸せだった。

窓の外には小説に出てくる桐の木のモデルになった木がそびえたってきれいな葉を揺らしていた。

あんなに安心した昼寝をしたのは久しぶりで、そこんちの子になりたいと思った。

そのお母さんにもいっぱい悩みがあって、育児や生活のたいへんさもあって、よく泣いたりしてるのを知ってるのに。

まるで子どもみたいに、おかあさーん、おかあさんにはなにも悩みはないよね、私のためにいつもそこにいてくれるんだよね、と言いたくなってしまった。

◎ふしばな
すかした人たち

アメリカのとある田舎町のとあるホテルに泊まった。

そこはものすごく有名なホテルで、その街に来る有名人や芸能人はみなそこに泊まるしかない（つまり他のホテルはみんな民宿みたいな感じ）という高級ホテルだった。

なかなか行かない田舎町だったので一回くらい泊まってみたいと思って、二泊だけ思い切ってそこに泊まってみたのだ。

ほんとうにすてきなところだった。とにかく全てにびっくりするほどお金がかかっていた。高い天井まで大きく開かれた美しい窓からは山々が見え、ふかふかの椅子に座って飲み物を飲みながら美しい朝陽や夕陽を眺めることができる。

部屋の内装はメキシカン調カントリーという感じで、簡素で上品、住みたいくらいにすばらしく、わけても洗面所の天窓から入る光の計算された美しさは忘れられない。朝にはかごに入ったフレッシュジュースがドアの前に置かれている。

かといって高級一本やりではなく、トレッキングなどで汚れた服を自分で洗濯できるようにランドリーがあったり、カートを運転している人が気さくで明るく話しかけてきたり、とてもいい感じなのだった。

さすがだなあと思っていたのだが、ひとつだけ笑えるようなことがあった。

そのホテルには監督もプロデューサーも俳優も女優もたくさん泊まるからだろう。朝食レストランで働いている人たちがものすごい美男美女で、みなスカウトされることを狙っていて、常になにかしらきれいなポーズを取っているのだ。

ほんとうにマンガみたいに、モデル立ちをして、すかした感じでグラスやフルーツなどごく軽いものだけを運んだり、ただ微笑んでいたりする。

彼らは全く働く気がなく、自分の美しさをだれかに見せることで精一杯。

あまりにスタイルが良くてきれいな男女ばかりなので、こちらもただ眺めてしまう。

もうすかしていてくれるだけでいい、と心から思えるほどきれいな人たちだった。

話しかけると「イエスマム」とうなずいてどこかに行ったきり忘れちゃって戻ってこないか、とても美しい笑顔を見せてくれるだけ。

どう見ても芸能界に通じてなさそうな日本人家族は、彼らの目にはもはや映らないのであった。

私はしかたなくポットを持って、厨房に行った。

浅黒いおじさんが「おー、どうしてお客さんがここに来たんだい？」と言うので、お湯がもうないからとポットを見せたら、

「そりゃ悪かった、すぐ入れてくるよ」

と三十秒くらいで熱いお湯を入れてきてくれた。

なんだかほっとした。

ああやってすかしていると、ほんとうにあまりの美しさにスカウトされるようなことがあるのだろうか？　世の中ってほんとうにそんなに単純？

それともあれはビジュアル要員でお給料が違う？

たった二日だったからそこまでは観察しきれなかったが、すごく気になる。

ハリウッドとかNYのデニーロの店とかでもなにかしら同じようなことがありそう。

そして私は悟った。

そうか、大半の人が美容的に、あるいは金銭的に目指しているのは、ああしたすかした状態なのか！

あまりに自分にその気持ちがなさすぎてわからなかった。

でもほんとうにああなりたいなら、体型は努力で近づけつつ、まず徹底的にすかしてみることから（たとえ容姿には恵まれてなくても）、本気でやってみると、ある程度までは実現すると思う。

また、放っておいてもモデルや芸能人になるようなすごい容姿を才能として持つ人たちは、とりあえずのし上がりたいと思ってあのバイトをしたりしないと思う。すてきなところでバイトしたくてしていたら、見つけられてしまう、というレベルでないとむりであろう。

あんなにすてきな、夢のような、ダイナースの月刊誌の表紙に出ていそうなホテル。

安らげたし、特にあの洗面所のインテリアは一生忘れないくらい大好きだったけれど(天窓にたまにいろんな葉っぱがはりついて床に影を作っているのもすてきだった)、その前に泊まっていた安いベストウェスタンホテルの、みんながドアを開けっ放しでおしゃべりしていたり、ドアの脇にはいつもローズマリーの花が咲き乱れていて、目の前は広々とした茶色い山脈で、テラスにはいつも思い思いに人が出てきているからすぐ目が合って「Hi!」と言い合う、とにかく雑多でオープンな感じや、近所の毎日行ったレストランのお兄ちゃんやおばさんがなじみになってくる感じや、そういうのもやっぱりいい。そんな両方を見ることができるのが、旅の醍醐味だと思う。

下北沢について

◎今日のひとこと

　ご近所においしいコーヒーのお店がいっぱいあります。

　今日は浅炒りがいいなとか、この天候だとどうにも深炒りのアイスコーヒーが飲みたいとか、こちら方向に買い物に行くからとか、ゆっくり座りたいなあとか、ギフトで豆を買いたいからパッケージのかわいいところだなとか、あのマスターに会いたいなとか、その日の買い物ついでに気分でいろいろ選べるなんて夢のよう。

　こんな暮らしがしたいと、小学生の頃に確かに思っていました。

夫の天才的なアイスコーヒー

「今はまだコーヒーのおいしさがわからないけれど、いろんなカフェがあって、そこで座って仕事をしたり、コーヒーを飲んだりできる場所に住めたらいいな」と。

　そのときにイメージしていたのは多分年代的に吉祥寺だったと思います。

　吉祥寺に住む現実は引き寄せられなかったけれど、当然のようにコーヒーを飲む場所や味を気分で選べる場所に、私はこうしてちゃんとやってきています。

　ちなみにその頃の地元、千駄木にもいろいろおいしいお店はできているけれど、カフェだらけの街、下北沢にはやっぱりかないません！

　喉が渇いた状態でヴィレッジヴァンガード方面から歩いてきて、今日はここにしよう、とメルボルンコーヒーのお店でアイスコーヒーを買い、商店街を歩きながら飲んでいたら、「モルティブ」[*3]のお兄さんにばったり会ってしまい「あ、浮気してるのがバレてしまった！」「いやいや、また来てくださいね」と笑いながら会話をしたとき、ああ、なんだかここに住んでいて幸せだなあと思いました。

◎どくだみちゃん

小さな楽しみ

夫が朝、コーヒー豆を挽くバリバリいう音が階下から聞こえてくる。

　まだ眠りの中にいても私はほんのりと幸せな気持ちになる。

　夜型の私が起きて降りていくと、家にはもう誰もいないことがしばしばだ。

でも動物たちがいつもくっついてくるから、淋しくない。

今いる四匹はだんだん減っていくんだろうけれど、そして私も高齢になるからもう動物を増やしはしないんだろうけど、そのことはまだ考えたくない。

世話はたいへんだけれどとにかくにぎやかで、みんなくっついてきてくれる今を楽しみたい。

人生でいちばん大家族で住む時期なんだなと思う。

自然に数が減ったらうんと淋しくなって、きっと少し楽にもなる。

だからあまりたいへんだとかは考えないで、天寿を迎えるまでは自分もがんばって生きてみんなの世話をしたい。


そんなことを思いながら、夫の淹れたコーヒーをテーブルの上に見つける。

ポットに入っていて少し冷めているから、大きな氷を使ってアイスコーヒーにする。

それは冬でもなんでもとてもおいしい。ほんとうにどこで飲むものよりもおいしいのだ。

あのコーヒーがあると思うと、午後にたくさん仕事があってもうんとがんばれる。


こんな小さな幸せが実は人間の生を支えていることを、一度でも入院したらきっとだれでもわかる。

私は病院で「あと一時間したら廊下に熱湯を取りにいって、家から持ってきた紅茶を濃く入れて、ひとりでそっとチョコレートを食べよう」などと夢みては、入院のつらさを乗り切った。

お、あと三時間で「大病人」が始まる。病院で観る「大病人」、なかなかないことだよね、退院したら仲良しの伊丹十三監督に電話して、そのことをはりきって言わなくちゃ、と思えたのだ。

体はよれよれだったし、点滴の変なアタッチメントがついてロボコップみたいだったというのに！

あの心のありようこそが、私を生かしたのだろう。

結局伊丹監督にはそのことを言えないまま永遠に別れた。

彼は私にいつも優しかった。

事務所に遊びに行って、自分のお茶のついでに彼にもお茶を淹れていくとすごく喜んでくれて、みんなに自慢していた。

「若いのに結論が多すぎるような気がするよ」って私に言ってくれたのに、ご自身の結論を早く出してしまった。

偉大な人だからって恐縮しないで、もっと馴れ馴れしく話しかけて、ハグして、いっしょに笑いあえばよかったな。

それが命を救えたとは思わない。でも、今みたいな後悔はしなかっただろう。

あのマンションの窓から見る六本木の裏道のひっそりした景色。

もう二度と見ることはない。

そして彼は亡くなり、私は生き延びている。

きっとそんな小さな差や小さな読みやかろうじてのバランスによって。

病院で夜中に観た「大病人」はわくわくする映画だった。

夜中にいくら起きていても、それが自分の家でなくても、同じ階で真っ暗な廊下の向こうにステーションの明かりが灯り、ナースたちが起きていてたまに見にきてくれるから淋しくなかった。

伊丹監督の人生に、そんなふうに淋しくない時間が少しでもたくさんあったことをただ祈るばかりだ。

◎ふしばな

だれにとっても得でないこと

初めて使うモバイルチケットのサービスのやり方がよくわからなくて、商店街のとあるコンビニで聞こうと思って、話しかけようと近づいたら店員Aにすごく刺々《とげとげ》しく「後ろのほうから並んでください！」と怒られた。

しかたないから少し並んで順番が来てから店員Bに質問した。

チケットの番号を私が読み間違えて言い直そうとしたら、すごくいらいらした様子で「ちょっと貸してください！」と言われて携帯を取り上げられた。そのあとでお金を払って聞いた、早口言葉みたいな「ありがとうございます」はこの世でいちばんありがたくなさそうなありがとうだった。

レジがそれほど混んでいるわけでもないのに、何をそんなに、何のために、それほどまでに彼らは急いでいるのだろう？

「何でそんなに急いでるんですか？」と私はつい聞いてしまった　笑。

「は？」と聞きかえされただけだった。彼らはとにかく急いでいるから、むだなことは耳に入らないのだろう。

もし私が障害のある人だったら。

もし私がもっと目が悪く、もっともっともっとおばあさんだったら。

一人暮らしや引きこもりで淋しくて外に散歩に出て、最初に接したのがあの人たちの刺々しくてせかせかした声だったら。

心の中になにが起こるのだろう？

そんなことを想像するとちょっとぞっとしてしまう。


たまたまシフトがそうだったというよりもあの店はいつもあんな感じだし、多分店員Bは店長みたいだったから、あの人たちはきっと夜「今日も忙しかった、ああ、いらいらした、疲れた、自分はなんて恵まれないんだ」と思って寝るのだろう。そんな悲しい眠りを迎える必要が、この世のだれにもあるとはとうてい思えないのだ。

ガムを噛んでいてやる気のない店員、大声で歌っている店員、むっつり仕事をこなす店員、店先に座っちゃってる店員、聞くと「ごめん、わかんね」と言ってどこかに行ってしまう店員、カウンターに突っ伏して寝ている店員、ありとあらゆる店員を世界中で見てきたし、それはそれで面白いから、世界じゅうのみんなが笑顔で最高の接客をするといいよね！　とは思っていない。

でもある意味あれほどまでに不幸そうな人たちを見たことがないので、気の毒に思った。

場所がいいから売り上げはいいんだろうと思う。

しかし、その中に入っただれもいい気持ちにならない店というのを抱えていることが、いつか必ずその会社に反映されてしまう。

時間はかかるかもしれないが、じわじわと来るだろうと思う。彼らの健康にもじわじわ来るだろう。

その状況、なんて恐ろしい！　と思う。ある意味貧乏よりもこわい。

中国の人はタクシーに乗って運転手さんの気が良くないと感じたり、合わなかったらためらいなく車を降りるそうだ。風水がまだ活かされているお国柄だからだ。

私もわざわざいやなところには行かないから、しょうがない場合は別として、そこを利用しないで少し遠回りして別のコンビニに行くだろう。自分がそういう権利を持っていることに、すごくほっとする。

街で一軒のコンビニじゃないからああだという気もちょっとするので、いっそ「名物感じの悪いコンビニ」まで登りつめてほしい！

君の名は。

◎今日のひとこと

あまり詳しくはもちろん書きませんけれど、やっと「君の名は。」を見ました。

この映画をこんなに大勢の人がいいと思うような国であるなら、まだまだ希望が持てると素直に思いました。

毎日何かを検索して、乗り換えもいつも検索、どんな場所にいてもスマートフォンを使って……そんな時代のまっただ中にいる若い人たちばかりの出てくる映画だけれど、世界の美しさを感じるにはツールがなにであるか

伊豆のおだやかな景色が大好き

は関係ないんだなということも思いました。

そしてあの震災で深く傷ついた私たちの心のひだの中に、暗くこびりついた汚れのようなものまできれいにしてくれようとする、監督の良い意図も感じられました。

私が『キッチン』で鮮烈デビュー（自分で言うかな）したときに、いろいろな人から批判を受けて、この映画と同じように大人たちに「きれいで透明感があるけど」「軽い」と言われました。今でもよく言われます　笑。

でも、その時代のリアルな感覚に重いも軽いもないんだと思います。

ただこの感覚だけが羅針盤であると、若い人たちそしてストレスにまみれた大人たちは、確かに感じているんだと思います。

これ以上濃かったら、リアルでなくなってしまう。

これ以上深かったら、今の気分とはかけ離れてしまう。

そんなような感じ。

さっきまで隣にいただれかがもういない。

もう二度と会えない絶望。

さっきまで繋《つな》いでいた手にもう触れない。

そんな死の匂いが美しい描写の中にたちこめるとき、私たちは無意識の世界であの三月を思い描くのです。そして何かを解き放つ。

涙でもない、不安でもない、傷の一部を。

個人的には、主人公の男の子のお友達ふたりが、いくつになってもとっても優しいところがツボでした。

ありあわせのあのサンドイッチ、食べたいなあ。

映画の後に見た茅場町の夕暮れ

◎どくだみちゃん
もう充分

これをこの人に見せたらきっとお金を出してくれるとか、

この順番に出したら効果的だとか、

来月になってから頼んだほうが得だとか、

今が旬だから今のうちに仲良くしておこうとか、

長いあいだ社会に出て仕事をしているから、私だってそういうことはいくらでも考えつく。

それを意識しないでおこうと努力することだってできる。

ある程度そういうことをちゃんと計算できないと商売はできないというのもほんとうだから、私だっていつの間にか取捨選択をして、ある程度は無意識にそんなようなこともやっているのだろう。

でもとにかくもう聞きたくない。

耳がいやだって言ってるから、耳のほうをだいじにしてあげたい。

心のこもった言葉のあとすぐのお願いごとだとか。

さっき別れたと思ったらもう来る次の（お金のからんだ）お誘いだとか。

だれかにはすごく優しく言葉をかけて、有名でないその隣の人には全く目もくれないとか。

なにか楽しいことをいっしょにやりたいですね、とふんわり話した直後のかなり具体的なプロモーションの計画だとか。

借りてきたＤＶＤの、観たい本編よりも予告とおまけのちっとも観たくないドラマ二話分のほうが合計時間が長かったりとか。

こういう理由でこうなっているので、こうすれば必ずこうなります、とうたってあるのに、調べてみたらそれはものすごくうまくいったときだけ成立するものだったり。

自然の時間が流れるのと同じように、種を植えたら芽が出て双葉になって本葉が生えて、やがて木になって実がなって落ちたね、くらいの時間の経過を見ることができる人がもうほとんど絶滅しているのであれば、自分はせめてなるべくそうであろうと思う。

そういうことを避けるあまりに、清らかすぎる仙人になることもせず。

落ち着いて、見極めて、ていねいに首をふ

りたい。

自分を極めてそういう話が自然に遠ざかっていくまで歩き続けよう。それが修行。

苦しくても、時代から追い出されてもいいから、幸せなところにたどりつく修行になるといい。

◎ふしばな

辛辣

ばな子よ、だんだんそれぞれの文章が短くなってやしないか？

まさか、書くのが大変なんじゃ？

いえいいえ、違いますよ。

いつでも今をすばやく焼きつけたいだけなのです。

長けりゃいいってもんでもないし。

ソフィスティケートされたっていう言い方でどうかのう？

さて、私はよく人に「はっきりものを言う」とか「辛辣」だとか「毒舌」だとか言われる。

そのたびにいつも首を傾《かし》げていた。

私はどちらかというとおとなしいほうだったし、きついことを人に言いにくくて苦しんできたタイプだったのになあ、と。

しかし、もう世田谷区に数十年住んでいるのだが、近所の人にもいつもなんとなくそういうふうに扱われて（あの人ははっきりしていてすごいね、みたいな感じ）、ううむ、そうかなあと思っていた。

ある土地での常識は、他の土地では常識ではないことはよくあることだ。

先日、中学の同窓会に出て、私はみなのあまりの言葉の強さにびっくりした。

「この間見かけたときは妊娠してたみたいだったけど、もし太っただけなら悪いと思って声かけなかった！」

「おまえの頭が光りすぎてレフ板になってるんだよ」

「あいつの父ちゃんなら、いつもべろんべろんに酔ってるところを送って帰るからよく面倒見てるけど、あいつはどこ行っちゃったんだろうなあ」

「あまりに授業中うるさくて落ち着きがない人だとだけ思ってたけど、今は落ち着いたね！」

「今はただしんどくてもう死にたいね！」

「あのときは気味悪い人だったけど、今は案外普通に見えるようになってるんじゃない？」

「あの人は売春してて、そのいとこはヤリマンだったけど、どっちも連絡取れなかった～」

「さすがクラス一番の美人、立派な愛人になったねえ」

とにかく歯に衣を着せないをはるかに振り切った会話をほぼ全員が交わしすぎていて、その中にいる自分は「おとなしい」とやっぱり言えるくらいだった。

ここには書けない会話の数々を入れたら、言語自体が違うくらいのレベルだと思った。

世の中のニュースや新聞の投書欄で「ひどい

ことを言われたから首をしめた」とか「あまりにもひどすぎる言葉だったので恨みを持った」とかそういうところに出てくるくらいのはっきりさ！

なんだ、自分が悪いんじゃなくって、風土病だったのか！

「うわー、変わってない、変わらなさすぎる！　うちのお母さんにその変わらなさを見せたいからそこに立って、写真撮らせて」

「そんな理由じゃなんだかいやだ！」

「だって変わってないんだもん、しかたないじゃん。そこまで変わらないそっちが悪いよ」

「そんな使われ方の写真いやだ〜！」

元大親友が私の初恋の人を追いかけ回してむりやり写真を撮っている様子を見て、ああ、この人たちもこうだった……まったくお互い心折れずに常にこういうことを言い合っていた、と懐かしく思いつつ、この町の常識はぜ〜ったい他の町では通じないな！　と素直に納得した。

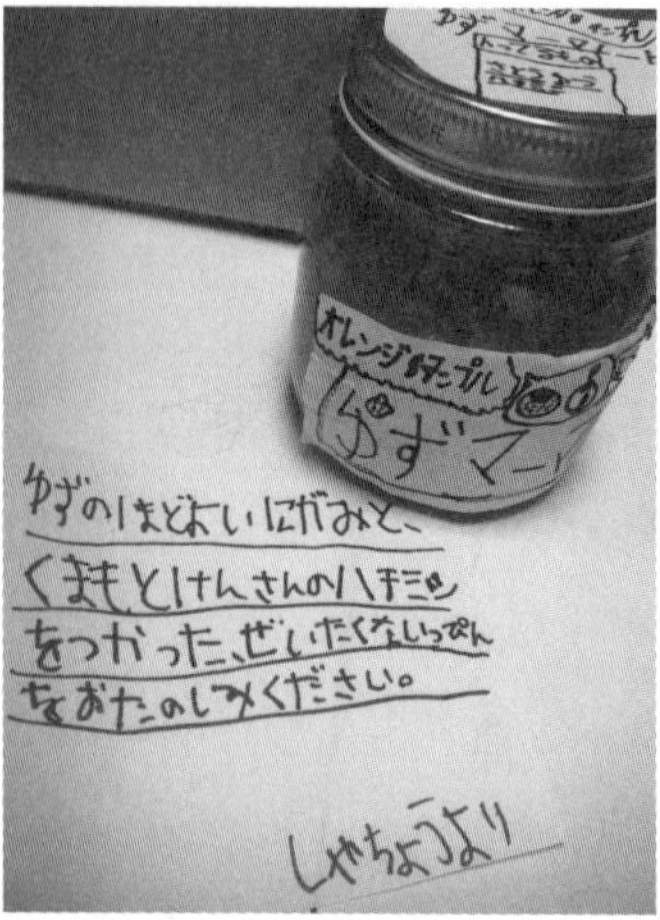

もっともらしい説明書

出会うことと気づくこと

原点は人を救う

◎今日のひとこと

イタリアの映画監督ダリオ・アルジェントを知らない人にとっては全く興味のない文章になってしまうのですが、尊敬する人のお子さんと置き換えて読んでいただければ、なんとなく伝わるかなと思います。

私のつらく長かった幼年時代において、ダリオ・アルジェントの映画だけが心のよりどころでした。いわゆるホラー映画といううくくりの恐ろしい内容なのですが、すばらしい色彩センス、恐怖、切ない心の動きが、心の奥底にしかないはずの映像でできていて、あら

彫師AKILLAさんが描いたすばらしい絵！ の中のアーシアちゃん

すじもほとんどなく、孤独な人間の無意識の闇を映像にしたような内容ばかりでした。そして観終わるとなぜか人生の孤独を少しだけ好きになっているのです。

あるときから、彼の映画にはさすが家族で働くイタリア人、彼のお嬢さんたちが出てくるようになりました。

フィオーレ・アルジェントちゃんとアーシア・アルジェントちゃん（厳密にはアージアちゃんなんだけれど、アーシアちゃんと呼び慣れてしまったのでこの表記で）。

映画の中の彼女たちの成長が私の成長と重なって、長い年月を彼女たちと過ごしてきた、そんな感じなのです。

だから私の本がイタリアで出版されて、ダリオ監督やお嬢さんたちと会えるようになったのは、そして案の定すごく気が合う人たちだったことは、私の人生の中でも大きな喜びでした。

アーシアちゃんは彼の映画の中で最もタフな状況を生き抜くヒロインをいっぱい演じて、どんどん美しく育っていきました。とても悲しい二本の映画「スカーレット・ディーバ」と「サラ、いつわりの祈り」を監督（日本で未公開の映画がもう一本あるそうで、とても楽しみ！）し、自ら演じてもいます。

彼女の女優としての才能を私は高く評価しています。

そんなアーシアちゃんがタトゥー友だちの彫倭《ほりやまと》さんことＡＫＩＬＬＡくんの案内で、子どもたちを連れて、私の町下北沢にやってきたとき、いつもの茶沢通りに普通に立っているのを見たとき、私はすごく不思議な気持ちになりました。
こんなことが人生にあるなんて思わなかった、なんだか夢のようだなあと。

タトゥーだらけ、クラブ系、ビッチ、そんなよくあるスキャンダラスな話題や印象を簡単に超えて、彼女はほんとうに頭のよい人。そしてすごくいいお母さん。子どもたちはほんとうにママが大好き。ヴィレッジヴァンガードで子どもたちはそれぞれぬいぐるみを買って抱っこして歩き（こっちでいっしょに寝る子にしなさいって言っていたのが胸きゅんだった）、アーシアがぬいぐるみに勝手に声の吹き替え（プロだからむちゃくちゃうまかった）をして子どもたちをからかったり。うちの子と下の男の子がいっしょにゲームをしたり。
ニコ「僕しょうゆが大嫌い」
私「あれ？　でもニコくんがさっきおいしいって食べてた枝豆、しょうゆ漬け……」
アーシア「シー、言わないで！　そのまま、そのまま！」
どこの国もお母さんというものは同じですね　笑。

幼い頃から特殊な環境、特別な父親の元に育ち、たくさんのものすごい目にあってきた私たちは、目と目を見ればお互いの苦しんできた日々と、今もまだ未解決の問題が山ほどあっても、たとえ険しい人生の道を選んでいたとしても、周りに愛する人たちがいる、その幸せの重さがわかるのです。
たまにしか会えなくても心がつながってい

る感じ。

別れ際にはほとんどもう泣きそうでした。

翌日、日本の温泉に行った彼らの写真が送られてきました。浴衣を着て山のふもとできゃっきゃ遊んでいる彼女と子どもたちの姿を見て、私はたとえようもない幸せな気持ちになりました。

きっといろいろ問題もあるだろう。環境も複雑だろう。でも、この家族がどうか幸せでありますように、ただひたすらにそう思いました。


人は常に原点に戻るというのはほんとうのことで、東北の震災のとき、私は電気を制限した真っ暗で寒い家の中で、毎日家の周りと室内の放射能の除染に心身をヘロヘロにしながら、ひたすらにダリオ・アルジェント監督の映画を観ていました。観れば観るほどどんどん心が元に戻り、強くなっていきました。

幼い頃や思春期にいろいろあって「こんなにつらいのならもう生きていけない」と感じたときでも、彼の映画を何回も観て心を強くしたことがよみがえってきて、それが私に力を与えました。

人それぞれ、なにが私にとっての彼の映画にあたるのかは違うでしょう。でも自分の原点というものがどんなに魔法の力を持っているか、知っていることが大切なのだと思います。

夏の思い出、AKILLAさんとアーシアちゃんと

◎どくだみちゃん

注　ばな子よ、おまえは「ほぼ日の怪談」か!?　心なしか文体も似てるぞ！

鶴折り

高校生だったあるとき、突然、私の手が勝手に鶴を折り始めた。

千羽鶴に興味があったわけでもない。

原爆記念日でもない。

なにかを読んで触発されたわけでもないし、なにかを祈るために千羽折ってどこに送ろうとか心に決めたのでもない。

なのに、どうしてだか、思ったのだ。

「私は鶴を折らなくてはいけない。ひたすらに折り続けなくてはいけない」

切実にそう思った。

それは自分にも止められない強い衝動だった。

私は折り紙を買ってきて、折り終わっては買い足した。たまに千代紙や金銀の折り紙があると嬉しくなったりしながら折った。

私の手は止まらなくて、授業中もずっと鶴

を折り続けた。そしてなんでもないときにも常に手が空いていたら鶴を折っていた。

学校でのあだ名も一時的に「鶴折り」となったくらいの勢いだった。

そしてあるとき、突然その衝動は去っていった。

飽きたのでもないし、手が痛くなったのでもない。

「ああ、もう、鶴を折らなくてもいい、もういいのだ」

そう感じたのだった。

私は急に鶴を折るのをやめて、数えたらおよそ千羽になっていたその鶴たちを、姉や友だちに手伝ってもらって糸を通してつないだ。

受け取ってくれるお寺かどこか、さっぱり忘れてしまったけれどそういうところを姉か友人が見つけた。

そのくらい行く先には興味がなかった。

なにも考えずにそこに送ってしまった。

ただひとつだけわかっていることは、あの期間私はなにかに祈っていた。なにかに向けて必死に静かに祈っていた。そのことだけは憶えている。そして私の手は自動的に動いた。

数学の授業を聞きながら、英語の朗読をしながら、居眠りしてまた目覚めて、折り続けていた。

あの小さな頭やしっぽを折るときの感触を今でも手が知っている。

私はきっとこの世にはいない誰かに手を貸していたんだろうと思う。

あれがなんだったのか、だれが私にあのときだけ鶴を折らせていたのか？

そのことを考えるたびになんだかぞうっとするのだ。

◎ふしばな

クリーニング屋ケンちゃん

いろいろな街に引っ越して、すぐ近所にクリーニング屋さんがあるときでも、私はとある有名な会社の集配サービスがあるクリーニング屋さんにお願いしてきた。

というのも、そこは数年に一回必ず異動があるのでしょっちゅう担当さんが替わるのだが、今まで「この人に洗濯物を触られたくない、家に入ってほしくない、来ないでほしい」という人に当たったことがないからだ。今まで五人くらい代替わりをしてきたけれど、みんな信じられないくらい感じがよくて、悲しいことがあって泣きながら眠る夜に「明日はクリーニング屋さんが来るから少し気持ちが明るくなる」と思うほどだった。

これって、ありそうでなかなかないことだと思う。そして人の家を回る仕事でいちばん重要なことだと思う。この会社が常にこの業界で上のほうにいるのは、クリーニングの確かな技術だけでなく、こういうところが大きいのではないだろうか。営業の最大の秘訣を見た気がする。

彼らはたとえ犬が好きでなくてもうちの犬をいやがらないし、大きなじゅうたんなど出しても少しもめんどうくさそうにしないし、そのことに例外がないなんてすごいなあと思うばかりだ。

ちなみに私は野菜の宅配をとある会社にずっとお願いしていたが、あるときに思い切ってやめた。長年慣れ親しんできた商品との別れに関してはほんとうに身が切られる思いだったけれど、配達の人がしょっちゅう替わる(つまり自宅を知っている人の数も増えてしまうということ)上に、そのうちひとりにはダンボールの出し方が悪いとキレて怒鳴られ、次のひとりには超しつこい営業をかけられて、日々の生活に密着したことでこんないやな気持ちになるのはいやだと思って、やめた。

そうしたらそこのえらい人から電話がかかってきて、

「十年も契約してくれていた人がいなくなるなんて、やりきれない」

と愚痴られたので、

「二代前のSさんのときは、ほんとうにいらっしゃることが楽しみなくらい気持ちのよい人だったのですが」

と言ったら、

「全員にあのレベルを期待するなんて、酷ですよ」

と言われた。

知らんがな！　笑

でも、きっとあの会社には、こんなふうな、浪花節っぽいノリがあるんだろうなあ。

ちなみに、件《くだん》のクリーニング会社の担当の人のうちひとりとは、ほんとうに友だちになった。

彼は今でも私たちのあいだで「ケンちゃん」と呼ばれている。当時そういう名前の有名なAVがあったからだ。由来を聞かれるたびに、そう答える。

ケンちゃんは当時近所に住んでいて、よく犬の散歩に行ってもらった。

若くしててんかんで亡くなったうちのハスキー犬は彼のことがなぜかすごく好きで、友だちみたいに思っていたと思う。

あるとき、いっしょに散歩に行って、ケンちゃんも犬も困ったような叱られたような顔をして帰ってきた。ほんとうに同じ顔をしてひとりと一匹が玄関で私の顔を見ていたのである。

「なにかあったの?」

と聞いたら、

「わんぞうくんに『ちょっと遠くに行こうか』って言ったら嬉しそうだったから、バスに乗ろうとしたんよ。さりげなく乗ろうとしたら『お客さん、犬は困ります』って言われてん。な〜、わんぞう」

「うん」(犬が彼の目を見つめて、うなずく雰囲気)

とひとりと一匹は答えた。

そりゃあ、さらっとバスには乗れないだろうと笑いながらも、すごく不思議だった。犬はこういうふうに友だちみたいに接してほしいんだ。そうしたら信頼するんだ。複雑な愛情ではなくて、こんなふうに接すればいいんだ。

そう悟り、自分が犬に対するときのまるで人間の子どもに接するような複雑なあり方を少し反省した。

犬というものは、飼い主を自分が選んだわけではなくて、奴隷みたいに見た目や用途で選ばれて買われたりもらわれたりしたというのに、なんの疑問もなく、一生、死ぬ瞬間まで、飼い主のことを主人だと思って愛している。そんな存在を捨てたり殺したりするなんて、人間を殺すくらい罪が重いと私は思っている。

もちろん、この自分の意見だけが正しいとは決して思っていない。独断である。

でも、何匹かの犬がまっすぐに私だけを見つめて「なんだか体の調子が変なんです、お母さん、もうすぐ会えなくなるのかな？　いや、そんなことないよね。明日からもまたいっしょにずっと暮らしましょうね、体が動くようになったらまたすぐに遊びましょう、でももしそれができなかったら、ほんとうにごめんなさいね、どこかで私はそれがわかっているんです。でも今このとき、うまく体は動かないけれど生きているから、まだいっしょにいられて嬉しいんです」という気持ちを全身で表現しながら腕の中で息を引き取ったのを見たことがあるから、簡単に犬を捨てる人たちを、どうしても、どうしても好きになれない。

その人たちの人生にはきっとそれなりにそのカルマが乗っていくのだろうから、私が裁く権利はない。ただ私はたとえ他のことで意見が合っても、きっと最終的に違うことになるから、そういう人とあまり接しないだけ。

あの日玄関に並んで立っていた、バスで遠くに行きそびれてしまったひとりと一匹の感じがなんだかおかしくて、かわいかったから、今でも私はその光景をだいじに胸にしまってある。

自信は持ったもの勝ち

◎今日のひとこと

あんなに賢くて、ずっとネット界のパイオニアであり、人々のニーズにあった良いものを書いているはあちゅうさん。彼女の文章からは生きた香りが立ちのぼってきます。それは感情の香り。そこが描けていれば文章を書くということは成功しているということ。

もう時代は変わっています。自分から自分の好きなものを取りにいく時代に。その中で作家というものが存在するとしたら、それはただただ考えたことを文章に書くのが好きで書いている人のこと、それをお金を払ってまで買ってくれる読者がいること。ただそれだ

いつも胸がいっぱいになる、伊豆の帰りの伊東のあたり

けなんです。

文学賞も、文壇も、文芸誌も、電子も紙も、もはや関係ないのです。

それらがなくなった世界は私にとってありえないくらい淋しいから残ってほしいし、きっと細々とでも残ると思う。

その中をボーダーレスに泳いでいく村上春樹先生やばななえりみたいな人もきっといるんでしょうけれど、生まれたときからiＰａｄを持っているうちの子が、今後、紙の本に行く気がどうしてもしないんですよね。

はあちゅうさんの書く力はほんものです。お仕事としては動画もＴＶも経営にまつわる指南書もいっぱいやるだろうけれど（それは昔の作家が広告とタイアップしたり、避暑についてエッセイを書いたのと全く同じ意味）、この子はとにかくひとりで、もくもくと書くのが好きなんだな、とその佇まいを見て感じました。

書くのが好きってどういうことかわかりますか？

眠くても、倒れそうでも、目から涙が流れていても、外にはおいしいごはんやデートが待っていても、書きたい。そういうことなんです。

そしてはあちゅうさんは「最後まで見てやろう」というどこまでも冷静な観察眼（作家には絶対必要な才能！）があるところが、誤解されやすいところなんだろうなと思いました。観察眼が鋭いゆえに全てを比較してしまう。それが若さというものでもありましょう。自分だけに軸を置いてみれば、逆に「しなくなる」「しなくなったことで自分が何かを一段上がれる」ことがたくさんあるように思います。

それから、不況になってから大人になった若い人たちの特徴としては（これははあちゅうさんのことではない）、お金が入ってくることといろんなことがイコールになっちゃっていることです。

誤解なんてどんどんされたほうがいい。

そして根拠のない自信もどんどん持ったほうがいい。

その自信だけを武器に、失敗して失敗しまくって、生きてくのが楽しいんだよね〜。

私の本は最高で一冊二百万部くらい売れました。でも、読んでなにも残らなかったら、そこでおしまい。私はそれよりも十人の心を変えたい。

それだけの偉業を成し遂げることができたら、あとは必ず天が私を養ってくれます。

昔ユーミンさん（近所に住んでいる清水ミチコさん版ユーミソさんのほうではない、ほんもののほう！）にお会いしたとき、

「自分のコアなファン以外の、多くの人に影響力をどれだけ持つかということが私にとってとても大切なの」とおっしゃっていて、

私は全然いやな気持ちではなく自然に「私はそうではないなあ」と思いました。

私の本をそのとき読んだ多くの人は「私の読者」ではなく、時代の流行を読んだだけだったと思います。そして今の時期になってまで私の本を選んで読んでくれる人は、ほんとうに「取りに来てくれた」人。

たとえ経済的に前のほうが裕福だったとしても（ちなみに本がバカ売れしたときという

のは、全く融通がきかないど真ん中の経理になるので、よほどお金の扱いに長《た》けていないと税金がすごすぎるから、実は今とさほど変わらない。若かったから身につかないお金と思い、請われるままにばらまいたし。それですごくお金について勉強できてよかった。出してあげることは決して親切ではないということとか）、私は今のほうが幸せなのです。

　私は読んでいる人の生活の中に文章の魔法の力で忍びこんで、ほんの少しでも良きものをそっとあげたい。

　それがたとえ十人でもかまわない。そこで必要とされているなら、全く同じ力で書いていく、そう思ったのです。

　ちなみにユーミンさんは、私の知人でユーミンさんの音楽とともに生きてきた、人生に不器用な愛すべき男性の話をしたら、ほんとうに優しい目で「本気でやっていくと、どうしてもそういう人が出てきてしまうのは宿命だよね、そういう人がどんなにありがたいか」と言いました。あの優しい目こそが彼女の変わらない創作の源なんだなと私はすごく感動しました。

　ちなみに、昔ハワイに行って、ものすごく並ぶ有名な占い師ランボーさんにやっとのことで会ったとき、彼女は遠くを見るような美しい目をして「あなたの子ども、男の子ね。とても賢いわ。そして、いつも……いつも、どこでもｉＰａｄを持っているわね！」と言いました。

「確かにすごく当たってるけど、賢いかどうかはともかく、ｉＰａｄのことはもう知って

るよ！」と私は思いました……。

はあちゅうさんと食べたおいしかった生パスタ！

◎どくだみちゃん

枕カバー

まめでない私は、シーツはあんまり換えないけれど、ほとんど毎日枕カバーだけ換えるようにしている。

自分と夫の枕カバーを換えるときも、枕に対してなんとも言えない愛情の気持ちを持っている。

私たちを寝かせてくれてありがとうよ。

そして、ずっといっしょには暮らせないであろう子どものを換えるときは、ほとんど祈りのように枕をぽんぽん叩いたりする。

この子の一生が幸せであるように、と。

子どものベッドの脇には、彼が幼い頃から大事にしているぬいぐるみがいくつか並んでいる。

それらにも「子どもの眠りを守ってくれてほんとうにありがとう」と言いたくなる。

もううちの子どもは大きくなり、闇におびえて彼らを必要とすることはない。

でも彼らはまだそこにいて、捨てられたり雑にされていることは決して無い。

ある日、子どもがずっといっしょに寝ていた人形の犬の足が取れてしまっていた。ビニールでできているからもう捨ててしまおうかと思った。

本体があるからいいか、もう壊れかけているし。

でもどうにも捨てきれず、枕元に置いておいた。

思春期の雑な男の子なんて、そんなの忘れてしまっているだろうと思っていた。あんな切れっぱし、すぐにどこかに行ってしまうだろう。

靴下もTシャツもドロドロで帰宅し、ドロドロのままそのへんに脱いであったり、バックパックの中で何かが臭くなっていたり、そんな感じだもの。学校にお弁当箱をためて腐らせて何回怒ったことか！

でも翌朝、その足はちゃんと、彼によって、犬の足元にそっと慈しむように置かれていた。

私は胸をいっぱいにして、やはり捨てなくてよかったと思った。

そしてとても悲しいことを思い出した。

あるとき、家に帰ったら私が自分の支えと思うくらい大切にしていた、そこに頭を乗せることだけがつらい青春の苦しみから逃れる術だった、合皮でできた赤い小鳥の椅子がなくなっていた。

私は泣いて泣いてゴミ捨て場に走って行ったけれど、もうなにもなかった。

母は「あまりに汚いから嫌で嫌で捨てた」といまいましさを込めて言い放った。

そしてひとこともあやまらなかった。

ああ、母は私を愛していなかったんだ。そう思った。

ものごとがそんなに単純ではないのはわかっている。

母は母なりに私を愛していた、そのことだってほんとうはわかっている。

今はもうこの世にいないのだから、愛し方が違ったことでくよくよすることもない。

人が人を愛する形には、無限のバリエーションがあるのだから、裁くことはなにもない。

母には今、天のとてもいいところで、安らかに、幸せにしていてほしいと切に願ってもいる。

しかしたまには単純に考えてみようと思う。子ども時代の私の魂のために。

かわいそうだったあの椅子、私に愛されて慈しまれて、でも私に会えないままある日捨てられて燃やされてしまったあの小鳥のために。

きっと最後まであの椅子は私を待っていただろう。

呼んでいただろう。

私が子どもの大切にしているものに涙を流して感謝するようには、母は私を愛していなかった。それだけのことだ。

ライナスの毛布のように、あの椅子に依存する私が気味悪かったのかもしれない。

そこに頭を乗せて寝ているだらしない姿がうっとうしかったのかもしれない。

そんなことはどうでもいい。

いちばんすてきなことは、私が、母が私を愛していなかったようには、子どもを愛していなくないということ。

私がそう愛してほしかったように、私は子どもを愛している。

相手がどうであるかではなく、自分がどう愛しているか。

そのことに対する喜びがこみあげてくる。

私は愛の力で何かを変えたのだ。連綿と続きうる何かを。

◎ふしばな
できやよいさん

やよいさんの絵を雑誌で初めて見たとき、私が毎晩見ている寝る前の世界が絵になっていたのでほんとうに驚いた。

これって、私だけが知ってることなはずじゃないの？　どうしてここにあるの？

もちろんそれは、あらゆる優れたアートが持っている力だと思う。

でもその中でも特別に「これは私の大切な世界、誰にも言えなかったこと」と思える場合があると思う。

私の読者にもそういう人が少なからずいる。すごく嬉しいことだ。

そして、私にとってやよいさんの絵はそういう絵だった。

　どうやったらこんな絵が描けるんだろう、と私は思った。


　小さい子が粘土で何十個も同じケーキを作り続ける。同じモチーフをえんえん寝ないで描き続ける。そういう感じのときにしかない独特の集中力が伝わってきた。

　彼女は指先を使ってびっくりするほど細密な絵を作り上げる。やよいさんの世界はいつも極彩色で、流れの中に無数の小さな顔があって、それはすごく波動の高い清らかな世界で、その顔はみな心底幸せそうににこにこしている。

　狂気でもなく、ブラックユーモアでもない。描いている人の心の中にほんとうの幸せと孤独がなかったら、決して描けない世界だと思う。

　子どもの頃からそこにアクセスするたびに、きっとこれは天界なんだろうな、あっちの人もみんなこっちを見ているんだろうな、そしてにこにこしているんだろう、と勝手に思っていた。

　そのせいだろうか、やよいさんの絵を見るといつもぐっとこみあげてくるものがあり、少し泣いてしまう。

　そこが美しいからだけでも、幸せそうだからでもない。

　狂気のように優しく明るいその世界は、そうではないこの現実の世界を熱狂的に否定している。よきものをひたむきに信じる人の心に関する真実がこもっている、からだ。

その人をまわりが放っておかないところから始まるのが、天職だろうと思う。

なにか壊れたとき、修理してもらいたいと真っ先に思い浮かぶ人。

歌っているともう一回聴きたくていっしょにカラオケに行ってほしいと思う人。

その人から手紙をもらうと元気が出るから、他の友だちにも読ませたいと思う人。

おいしいものをささっと手早く作れる人。

そんなところから輪ができて、輪に応えるために本人も技術を磨いていく。そうしたらまた輪が大きくなって……それが、その職業が発したときの正しい形だと思う。

私もそうだと思うけれど、やよいさんも、生きているだけであの作品が生まれてきて、それを見たいという人がいる、ただ、それだけ。そういう生き方なんだと思う。

大人になり、家族を持ち、子どものためにいろいろ大人っぽい手続きをしなくてはいけなくなったときに、あまりにも大きかった周りの圧にじわじわと押されて、今までの自分ではもうだめなのかな？　と思ったのも確かだ。

夜中にラーメンを食べたり、小説を書くので徹夜してお昼過ぎに目覚めたり、同じ映画を何十回も見て、セリフまで覚えてどこがいいのか研究したり、そういうのはもうだめなのかな？　と。

でもそういうことがもたらす勢いとか新鮮な空気というものが、創作するということを支えているのも確かだと思えた。

生き方は顔に全部出てしまうし、まして作品にはもっとはっきり出てしまうということも、ほんとうの深い意味でわかってきた。

それでも生き馬の目を抜くようなこの業界で、生き残るために身につけたいろいろなことが、私の作品を少しだけ迷わせ、汚していったように思う。

作品を守るために汚した手が、洗っても洗ってもきれいにならない……そんなふうに思っているときに、私はついにやよいさんに会ってしまったのだった。

私の永遠のアイドルだったやよいさんは、思ったより小さくかわいらしくとても知的な人だった。彼女は絵と全く同じオーラを持っていた。

一点の曇りもなく、迷いもなく、犬たちといっしょにすっくと立っていた。その後ろにはご主人がそっと彼女を見守っていて、胸がきゅんとなった。

彼女と彼と犬たちがステイする部屋を、私はその家でトイレにいったついでにちょっと覗いてみた。生活のある普通の光景。服やふとんが積んである、小さな、あたりまえの世界。

私はそのあり方にも衝撃を受けた。作品となにも違いがない。ごまかしも隠しもしない、ただそこにいる。

人によく思われたくて少しいい顔をしたり、取りつくろったり、えらい人だから構えたり、反発したり、きっとそういうことがない人なんだ。

そんな人を見なくなって久しい。

私ももちろんそういう人ではない（そういう人でないから、有名になれるのだ）。相手がそうしてほしいんだろうなと思うようにふるまい、それを自分に納得させている。でもその行動の根底にあるのは愛と尊重だから、私の作品は多少濁りはしてもさほど汚れないのだろうと思う。

　もし私がこれから成長していけるとしたら、その方向しかないと直感は告げていた。

　指先一本を武器に世界にたったひとり立っている、やよいさんの姿を私は大切な映像として抱き続けていこうと思う。

　どんなにえらくなっても、どんなに歳をとっても、あの細い小さな背中を尊敬していたい。

　そして心にはいつも彼女の絵の世界を、抱いたままでいよう。

　幼い頃の自分があの世界になぐさめられて眠りについたことを忘れないでいよう。

　友だちが病気になって、たとえばお金が必要かもしれなくて、やよいさんが絵を描いて高く売ってそのお金を彼にあげたらいいなんていうことを、決してやよいさんは思いつかない。

　そのかわりその色彩感覚の全てを使って、シルクスクリーンでプリントした彼の好きな麻雀牌の色とりどりのクッションを作ってあげていた。

　とほほ……と思いながらも、みんな胸がいっぱいになって、彼女は天国にたくさん貯金をしただろう。もらった彼もきっと、お金をもらうよりもずっとずっと嬉しかっただろう。

夏の終わりのアフロ特集

◎今日の身も蓋もないひとこと

少し前の時代にブログを書いていた頃に、うすうす気づいてはいました。

「これだけみんながブログを書いているということは、もうブログ書籍は余ってくるんじゃない？」

なので銀色夏生さんの方式をとって初めから文庫にしてもらうようにしましたが、それは大正解でした。

作家はプロなのでいくらでもブログが書けるわけだから、そしてその中には創作の肝とも言える大事なことをいっぱい書いているわけだから、ぜひ書籍にしてほしいわけです。

ユザーンくんのおかげで行けた最高においしい「ケララの風Ⅱ[*4]」の冷たいトマトラッサム

しかし出版社としては、ブログ本というのはたいてい字数が多すぎて本が分厚く高くなり、しかもコアなファンにしか売れないジンみたいなものだからなるべく出したくない。

この本が売れない時代にはその判断も会社として当然だと思います。

ホリエモンはさすが、そこを紙質と刑務所という珍しい内容のふたつでクリアしてました。

甘い考えを持たない彼には常にハッとさせられます。

そのあとの時代に、自分を含め様々な大御所（と自分のことを思いたい、三十年も働いてるし）ブログトラブルを耳にしました。出し渋りとか、口約束を破るとか。

ちなみに自分のブログ本の長い歴史のケースですと、編集者さんが「字が細かすぎるのでたいへんで、ゲラを読めませんでしたから、読んでません」と言うという珍事件が起き、読めないなら担当しないでくださいとお伝えして担当さんを替わってもらいました。

替わってもらった人がすごく優秀な人で、大の仲良しになったので、結果としてはすごくよかったのですが。

三十年間で百人くらいの担当さんとお仕事をして、いろいろどうにもならなくて立ちゆかなくなり、替わってもらったのはたった二回だけです。

母親譲り（うちの母は、少しでも感じが悪かったり運転が荒いタクシーの運転手さんに当たると、いや〜な感じで運転席をのぞきこんで『お名前は？』と言ってメモするという名クレーマーでした）のクレーマーにしては少ないと思います。

同じ大御所でも儲けの違いで扱いが違うというのもよくあることで、私が前にTVの取材を受けていたときに、村上春樹先生とメールでやりとりをした話をしたら、陰でその出版社の広報の方が「吉本さんが村上先生と親しいと誤解されると村上先生が困るので、今のカットしてください」とTV局の人に言っているのが聞こえてしまい、性格の悪い私はほぼ専属だったその出版社から（まだやりとりはもちろんあるので基本的にはですが）永久に去りました。

作家の周りをとにかく静かにしてあげたいと言うのはもちろん理解できますが、その場ではなく後日言えばいいことなので、かなりの怠慢だなあと思ったのです。広報が怠慢ということは、表向きの活動に対する姿勢が怠慢だということで、かなりやばい。沈みかけた船から去っていくねずみのように、私は逃げました。英断だったと思っています。

その後、なんでもかんでも書籍にしてくれるなら専属になるという試みもしようとしてみたけれど、契約書に落とすのがむつかしすぎて一部しか実現できず（それでも一部は実現しているので、私は今、すごく幸せです）。

静かに書いていたいだけなのに、ほんとうに大変な時代だ！　と嘆いているだけではどうにもなりません。今こそ人のために燃えて書かなくちゃいけないとき、ふんばりどきなのです。

「小説も、あと何作書けるかわからないから、依頼にまかせてなんでもかんでも書くのはもうやめてしぼりこんでいこう」と思っていた矢先のことだったので、果たして私はなにで食べていくんだろう？　いい年だし面の皮もおばさんになって厚くなってきてるし、もしかしたら人前に出てなにかを話すこともするべきか？　と思い、ちょっとそういう仕事もしてみたけれど、それこそ村上先生にあるとき相談してみたら（すごく親しいわけではないけれど、ばなえりと春樹りんはお互いを好きだし、尊重していると思う）いちばん良いお答えをいただき、すっぱりと考えを変えました。

私には書くことしかできない！　ただ書きたい！

そういうことです。

余談ですが、私のいちばん古くからの担当さんのひとりは、昔うちに仕事で来て、私の家のリビングのテーブルに載っていたビッグコミックスピリッツを彼氏のように読み始めたかと思うと、同じくその横に置いてあった私に来たはがきを無断で裏返して読みながら「ふ～ん、あの人こんな字書くんだ！」と言っていたような奴なのですが、そこまでいくともはや憎めぬ！　笑

ちなみに広告がらみの仕事はギャランティがいいのと、制限があってすごく燃えるので、よくやっています。

あとスピーチの原稿を考えてあげる仕事も、何かに名前をつけたりするのも、シナリオの中の会話部分だけ担当するのも得意中の得意

なので、時間のあるときは受けてしまいます。

　小説だけ書くのが仕事だったら、そんなことに興味がないはずなのに、楽しい。そういう自分をミーハーなのかもと思って少し悩んでみたり。


　まだまだ迷っていたある日、私の前に知人の友人としてしか知らなかった、アフロヘアがかっこいいユザーンくんがさっそうと登場したのです。

　彼はインドのタブラという珍しい打楽器を専門に演奏していて、必要とされるならタブラを持って（すごく重そうですが）どこにでも行きます。そしていろいろなジャンルの人と良いセッションをします。

　彼自身が「タブラは優しい伴奏楽器だ」と言うだけのことはあって、どんな楽曲にもタブラが入るとエスニックだというのではない独特の、夢のような深みが加わります。

　そしてそういう応用に至るまでにはインド音楽の難しい（すごく数学的な）基礎を彼はインドで学んで師匠に叩きこまれているわけで、よくいる「イタリアに行ったことないイタリアンレストランのシェフ」（もちろんこれもありだとは思っていますが、活動がすごく制限されるように思う）ではないわけです。


「そうだ、私は文壇をたっぷり体験した。その中での地位もある程度確立した。ここである意味職業を変えよう」、そう思ったのです。同じところにいると飽きちゃうしね。

　バブルの頃には羽振りよく珍しい企画にもオープンだった編集者さんたちが、時代の変化に合わせて燃えて対策を考えるのではなく、しょんぼりして小さく小さく考えるようになり、授賞式でビュッフェで量を自粛していたり、斬新な企画には「持ちかえって検討します」（＝後から断ります）と逃げ帰っていったり、タクシーチケットをけちったり、税込か税抜きかで逡巡《しゅんじゅん》していたり、そんな悲しいことばかり見ていると、気持ちがしぼみます。

なにせこちらは命がけで書いているわけですから、お金は渋ってもいい、命がけだけはせめて態度で評価してほしいわけです。

お金があった人がなくなったときなにを変えていくか、それを彼らはしっかり個人として考えていなかったのかもしれません。私はもともとたったひとりだったから、常に考え抜いていました。

「そもそも、創作とはお金で左右される問題だったのか！」

そりゃそうですよ、会社なんですから、利益を出さないと。

かといって、こちらも売れる本を意識して書くことほど、向いてないことはない。

私が見ているのは時代の風向きだけであって、それは小説のためであって、お金のためではないのです。

なので、私はユザーンくんと同じで、彼がタブラを抱いているように、書くことだけを、文章だけを手にして、いろんな場所に旅をしていろんな人に会いに行こう、と思ったわけです。それは全て楽しいことでなくてはいけない、でないとせっかく両親からもらった私の才能や文章の神様に失礼だ、そう思ったのです。

このメルマガの試みもそのひとつと言える

かもしれません。

そうしていろんなところに旅をするようになったら、出版社や編集者さんにしがみつくこともしなくてよくなったので、会うとすごく楽しい。昔ながらのやり方でいっしょにお仕事をすると、わくわくする、そんなふうになってきてほんとうによかった。

あの日「なんでもかんでも本になる時代ではないし、書きまくって出しまくるというのも時代がなんだか違う。でも私はとにかく書きまくりたい。それに子どもも小さいしまだ引退には遠い。いったいどういう姿勢で行けばいいんだろうか」と思ってモヤモヤしながらごろごろ寝転んで坂本美雨ちゃんのＤＶＤを観ていた私の前に、ユザーンくんがさっそうとゲストで登場した瞬間に、私はひらめいたのです。

「そうか、彼のタブラは私の文章だ。他の誰にも寄らずに、書くことを中心に立っていればいいんだ！」

あの日が「第三期吉本ばなな」の始まりでした。

そして私とユザーンくんはずっと前から友人だったように友人になり、家族ぐるみのつきあいをしています。知り合った頃、私は彼にありとあらゆることを問いかけてみました。しかし納得のいかない答えが返ってきたことがないのです。ありがたい出会いでした。私の書く力は彼によって蘇ったのです。

人生の恩人なので、ユザーンくんにはなにかとごちそうしたり手土産を押しつけたりライブに行ったりしているのですが、たいていのインド料理屋にいっしょに行くと彼がいるというだけで知らないメニューが出てきたり、開いてない日に開けてくれたり、得をしているのはこちらばかりでちっとも恩を返せていません！

おいしさのあまりピンボケに！　ワダという揚げもの

◎どくだみちゃん

あの日

真夏の暑い日に、ひとりぼっちで、新しい部屋にクーラーが来るのを待っていた。

なにもない部屋には扇風機しかなくて、暑くて暑くて、ただじっとしているより他なかった。

予定時間の一時間前に、車が足りなくて今日はクーラーの取りつけに行けませんという電話がかかってきたとき、

私はもちろん激怒して文句を言ってますます暑くなってしまったけれど、

そんなことよりもなによりも、あの日、なにもない引っ越し前の家の中で、ぽつんと待っていた私を想像すると、すごく不思議な感じがする。

けなげなような、滑稽なような、おばかさんなような。

いろいろなことがあって、もうその家に私は住んでいない。

あのときはそれを予想すらできなかった。

あんなに待って、一週間後にやっとついたクーラーはあの家に置いてきてしまった。

きっと、今あの家に住んでいる人たちを、よく冷やしたり温めたりしてくれているだろう。

もう中年になっていて、クッションとＫｉｎｄｌｅと植木ひとつだけに囲まれていた私。

それなのにあの私は、まるで両親のいる家の中で、サイダーを飲みながら、寝ころがっていた頃のようだった気がする。

あの頃は夏休みにはただごろごろして退屈だ退屈だと言っていた。

無制限に炭酸飲料を飲んだり、アポロチョコを一気に一箱食べたりしていた。そして寝ころがってひたすらまんがを読んでいた。早く晩ご飯にならないかなあと思いながら。

なんだかわからないけれど家にはいらいらしたうさぎがいて、寝転んでいると意味もなくかじられたりした。

それでもうさぎがいっしょにいる空間で昼寝をするとなぜか優しい気持ちになったものだ。

晩ご飯は父が作る牛肉のしょうゆ炒め。もう一度食べたいけれど二度とは食べることができないあの味。

スケジュール帳に予定を書くこともなく、いきあたりばったりで近所の友だちと遊んだり遊ばなかったり。

ラジオ体操の時間に起きることができたことは一切なかったけれど、好きな時間まで夜更かししていた夏休み。

私の足は細くて常に真っ黒に焼けていて、まるでごぼうのようだったあの頃。


うんと暑くて、あの頃と同じように蝉の声がしていたからなのか。

ひとりぼっちの午後だったからなのか。

あの日の私を思うと、なぜかお留守番の少女が、守られた世界で守られていることを知らずに無邪気に寝転がっていたように感じるのだ。

うさぎも両親も、もう天国に行っちゃったのに。

もしかしたら両親が夏休みの私を懐かしがって、見ていてくれたからなのだろうか。あのいらいらしたうさぎといっしょに。

あの子、バカだねえ、そこには長く住まないだろうにね、って。

◎ふしばな
そしてまたアフロの人

これまで何回も朝日新聞で仕事をしている。連載だってしてた。

いつも感じることは「ギャランティはいいけれど、ものすごく権威的でさすが朝日！」だ。

ふだんゆるゆるでアットホームな毎日新聞で働いているので、その違いがよくわかるのかもしれない。

朝日新聞とのお仕事は、そういうわけでも

のすごくもめたりもするんだけれど、担当の人たちはさすがにとても賢くて、いつもなんだかんだ言ってもちゃんと解決した。

そういう戦いのとき、私はいつも「最後は自分の書いたものを取り下げ、最後まで守る」という一点だけを大切にしながらも、わがままになるのではなく、譲れるところはなるべく大胆に譲って鷹揚にしようと思ってやってきたし、その姿勢は相手にも必ず通じた。

ただ、いつも引っかかるのは「それって……なんくせというか、いちゃもんですよね？」みたいな問いかけが先方から来ることがあることだ。

例えば「引用が長いから削ってくれ」（引用は人の文章なので割愛したりできないのはわかっているはずなのに）とか「連載にあたって他社との契約を知りたいから契約書を見せてくれ」（社会の仕組みとしてありえない）とか、むちゃくちゃなことだ。

もちろん字数はオーバーしてないし、契約書は当然守秘義務に守られている。

賢いその人たちにわからないはずがないことなのだ。

これはもしかしたら、この人たちのストレスの形？　みたいなことがいろんなケースで多々あり、朝日新聞を守る立場にいる人たちが抱えている、長年の言いしれないストレスを感じた。

アフロで有名な稲垣えみ子さんが、私と同世代の朝日新聞の人で、会社に感謝しながらも大きな社会の仕組みから外れてみたくて辞めた人だというのが、すごくよくわかる。

私は彼女の文章が大好きだ。

文体もすごく自分に近いし、思想的にもかなり近いと思う。

私ももし独身で一人暮らしだったら、全部実行してしまいそうだ（アフロも含め……ユザーンくんに美容院を紹介してもらって）。

彼女の書いていることは、女性として仕事の現場にいてじっと周りを見ていると、じわじわとわかってくることばかりなのだ。

私たちの選べなさを、彼女はほんとうにうまく文章に書いてくれていると思う。

消費とはなにか。人生とはなにか。生活とはなにか。

ひとりで会社勤めをしていたときよりも狭い家に暮らして、消費を制限して、なるべく電気を使わない生活をしてみる。好きなことが何で、何がいらないことだったかと真剣に向き合ってみる。なににお金を使うかを真剣に吟味する。書くことで生活することのたいへんさをしっかり知りながら誠実に書いていく。

これだけのことが、私たちが決してできないことなのだ。

たとえ数週間でも、数ヶ月でも、不可能に近い。

そんな不思議なことがあるだろうか？　だれもが違う生き方をしてよかったはずの人生なのに。

同じようにバブル期を体験して、消費でストレスを発散してきたほとんど同じ年代の女性として、彼女の言うことはほんとうによくわかる。

洗脳をひとつひとつ解いていくと（彼女はそれを身体中につながっていたチューブを外すという表現をしていた）、なにが立ち現れてくるのか、なにを私たちは恐れているのか、彼女の本にはしっかりと優良な文章で書かれている。

彼女ほど体をはって実験してくれている人はいないし、これからもし彼女がパートナーを得たり、書くこと以外の仕事も始めたらどうルポしてくれるのか、東京ではないところに住んだらどうなっていくのか、いつも楽しみにしていたい。

個人の生き様は世界を変える
（イケメンだからだけではなく）

◎今日のひとこと

浜松市美術館で行われている、若木信吾さんの展覧会「Ｃｏｍｅ＆Ｇｏ」に行ってきました。

自分を決して押し出さず、でもそこにあえての意図はなく、他のすばらしい写真家たちに対する愛情と共感の心に満ちた、とてもいい展覧会でした。

いい展覧会ではしょっちゅう奇跡が起こります。

なんと私のポートレイトの真ん前で、天才料理人竹花いち子[*5]さんにばったり会ったので

ステキな若木くん

す。

駅に着いたとき「ホテルにチェックインしてから行こうかな、それともそのまま行こうかな」と迷い、「目の前にタクシーがあるし、行っちゃえ」と乗ったのですが、もし乗らなかったらいち子さんには会えなかったかも。不思議不思議。

その後お互いが行きたかったのはもちろん若木くんの経営するセンスの良い店「BOOKS AND PRINTS」[*6]！

展覧会を観て胸をいっぱいにした私たちは、そこに走っていき、私が原作の映画「白河夜船」の題字を書いてくださった若木くんのお父さまにもばったり[*7]！

次に行くうなぎのお店のおすすめ（百歳を超えた看板娘さんがいらっしゃいました）もそこで聞いたり、手打ちお蕎麦やさん「naru」[*8]のゴリさんにもお会いして彼が長年持っていてくださった『キッチン』にサインをさせてもらったり、翌日のお蕎麦の予約をしたり、浜松一の点心のお店「氷箱里」[*9]をご紹介いただいたり、まるで浜松をめぐるわらしべ長者のような旅をしました。

いち子さんの全ての発言に自分の行きたい道を見出したり、若木くんの面影のある全ての場所に彼と同じ静かな優しさを感じたり。

たった一泊の旅でもそんなふうに訳があってほんとうに行きたいのであれば、道が開けていく。

若木くんがたったひとりで「こういうふう

に生きたい、こういうものが好きだ」と思っていただけで、そしてこつこつといい写真を撮ってきただけで、私の人生にこの旅が出現したのです。

その奇跡の前には予定とか意図とか強引さが色あせて見えます。

展覧会の展示の中で、彼の撮った佐内正史さんや川内倫子さんや鈴木親さんや……私のよく知っている写真家たちはカメラを手に輝いていました。もちろん私が会ったことのない写真家の方たちも。若木くんは彼らをライバルとは思っていない。仲間だと思って尊敬して撮っている、そういうことをしみじみと感じました。有名人や芸能人やご家族や地元の友だちたちも、彼の全く同じ視線の中で同じように憩っていました。

でも邪悪な女たちはタクシーの中で「あまりにもかっこよすぎて中身もすばらしくて写真も良くて考え方もいいなんて！」「なんかどうしようもないところがあってほしいね」「妻を殴るとかおしりを拭かないとかね」「でないと納得できないよね」などと勝手なことを言っていたのでありました……！

若木くんの書店

「naru」のおいしいおそば

◎どくだみちゃん

かけねないもの

セドナでいちばんの思い出のお店は、渓谷のわきにあるとても気分の良いカフェだった。

庭も広くてあまり細かく手入れされてないのに、なんとなく緑の感じがいい。メニューもオーガニックなものばかり。売店では食材や野菜も売っていて、すてきな料理本や、いい香りのクリームや、手作りの化粧品もあった。

ここにいくらでもいたいねと、私と旅の仲間たちは言い合い、ほんとうに旅行中毎日のように通った。

ある朝、そのカフェの窓辺の席でおいしいコーヒーを飲みながら、私は買ったばかりの松のクリームを開けて、旅の疲れでがさがさになった手に塗った。

すごくいい香りがした。木のような、いぶした草のような、甘い香り。

すると少し離れた席にいた青年がキラキラ

した瞳でこちらを見て立ち上がり、満面の笑みで、

「なんていい匂いだろう、松のクリームの香りだ。よかったらかがせてください」

と言った。

私はクリームの蓋をあけて、彼にかがせてあげた。どうぞ少し塗ってください、とも言った。

「うーん、なんていい香り。おかげで今日一日を幸せな気持ちで始めることができました。ありがとう、あなたはすごくいいものを僕にくれました」

なんの下心もなく、なんの媚びもなく、彼がそう言ってくれた笑顔が今も私の心にこんなに清らかにあるのだから、彼が私にくれたものはほんとうに大きい。

だれかが遠いどこかの街で誠実に生きてきたということは、こんなにも大きなことなんだ。

セドナのカフェにて

◎ふしばな
店長さん

若木くんの書店「BOOKS AND PRINTS」。

それはそれはセンスが良くて古今東西の優れた写真集やいい雑貨がたくさんあるすてきなお店なんだけれど、お店が入っているビル全体もとてもいい感じなんだけれど、なによりもそこに出入りする方たちの誇り高いお人柄に胸打たれた。

私が翌日のお昼にお蕎麦やさんにいたら、店長さんの新村さんがわざわざ挨拶しにやってきてくれた。

その書店とお蕎麦やさんが近いのは確かだけれど、私に負担をかけないように「ちょっと寄った」みたいな感じがとてもよかった。しかもどこかに「来ちゃってごめんなさい」みたいな謙虚さがあった。

お蕎麦やさんのマスターのゴリさんもたまに蕎麦を打ちがてら「あまりじゃましないようにしよう」みたいなプロ意識と共に、ちょいちょい席にやってきた。その感じもすごくさりげなくてよかった。

店長さん「ばななさんの『イヤシノウタ』、すごくよく出てますよ」

私「サインすればよかった、あ、もし時間があまったら後でちょっと寄って書いていきますね」

そうしたら、一旦お店に帰っていった店長さんは、お店にあった三冊の本を持ってもう一回寄ってくれた。

「台風だし、僕がこっちに来たほうがいいかなど思って」と言って。

その三冊に私はゆっくりサインをした。いったいこの本たちはだれのところに行くのかな、と楽しく想像しながら。

ありがとうございます、と彼は言ってくれたけれど、そんな豊かな時間をくれたことにこちらこそが感謝したかった。

プライドの置き場をそういうところにするのは、きっといちばんいいと思う。

そういう人たちを見るだけで、私もそういうふうでありたいと軸が定まる。

自分が自分の思うようにふるまうことができたり、自分の作っているものに自信があるからこそ優しくなれるし、人になにかを強いない。

この人たちはそういう人たちなんだなと思った。

自分の人生が満足いくものになるほうが先で、自分のお店に関する大切なことはお金とか名声とか有名人が来るとか、そういうことではない。自分がいいものを見てよくなっていくことのほうが大事で、それで人が喜んでくれたらもっといい。

若木くんの生き方を育んだものの背景を少し見たような気がした。

それは今の世の中の在り方に対する、たったひとつの対抗策かもしれない。たったひとつの反逆の在り方かもしれない。

そういう人がひとりでも増えていけば、世界は変わっていく。

ジョン・レノンが歌ったときからこの考え方は根強くがんばってきた。でも世界はちっとも変わってないじゃないか、という説もあると思う。

どんどん悪くなっていくじゃないかと。

でもそんなことはない。若木くんがただただ彼自身を生きてきただけで、浜松や私にそんなにすてきな変化が訪れているのだから、希望はある。

店長さんは台風の中駅までいっしょに歩いてくれて、新幹線が動いているかどうか調べてくれて、おすすめのおみやげまで教えてくれて、おしゃれな帽子おしゃれな服で、ずっとにこにこしていて、最後はすっと去っていった。なにも売り込まず、強引な言葉をひとつも出さず。

お蕎麦やさん「naru」のゴリさんご夫妻と店長さん（私のとなりにいる方）！

食材の力を損なわない調理、チームの中で生きること

◎今日のひとこと

石垣島に友だちたちに会いに行ってきました。

みんななかなか会えない人ばっかり。

石垣の自然はすばらしいし、いつも風の中に花と緑の濃くていい匂いが混じっている。星もいっぱい見ることができる。

野菜いっぱいのごはんも、お酒もみんな楽しみ。

でも、ふだんなかなか会えない人たちに会えることがいちばんの幸せでした。

一泊目は「サイレントクラブ」[*10]というとこ

「辺銀食堂」の特別料理、ソーキの酢豚（写真見ただけで食べたくなる！）。ポーク玉子のように玉子が添えられているのがまたすてき！

ろに泊まりました。ふだんは結婚式場として有名なこのホテル、贅沢にも貸し切りで、レストランも私達だけ。ここでしか食べられないセンスの良い、最高にすばらしい組み合わせと新鮮な食材（あさりと島豚なんて双方が補い合って味の旨みが倍増！）のごはんと、ただただ静かな夜。

夜が明ければきらきら海が見えて、広い敷地はいつも光に満ち溢れている。

「サイレントクラブ」からの景色とごはん

辺銀さんちのごちそう

翌日は「辺銀食堂」[*11]へ。全ての食材の味を損なうことなく、食材が持つ全部の力を発揮できるように考え抜かれた味つけと調理法。

私は辺銀さんの料理の腕と愛理さんの考え方は、世界でもトップレベルだと思うのです。実際彼らはそういう評価を受けています。

愛理さんがサービスということを知りぬいた態度で、ご主人の作るお料理に明るく、優しく、時に厳しく冷静に接し、常にセンス良くプロデュースしていることによって、そしてお子さんがたくさん食べるタイプでいつもお腹を空かせていることで、彼の料理の腕もどんどん上がっていく。あのお店のメニューはご夫婦とお子さんのチームが生んだ芸術作品だな、と思います。

動物たちが高齢だから、子どもが学校に行きたくて友だちとの時間に忙しいから、私たち家族はあまりそろって旅をすることができません。最近はおじいちゃんちに行くときくらいかな。

でも、今回は久しぶりにいっしょに過ごして、家族というチームのよくできた機能を味わいました。

夫はふだんよりもたくさん動き、私はより優しい気持ちでいろいろ目配りして、子どもはよりいっそう子どもっぽくダメダメで、だから補い合っている。

そのチームでいるときの人格はあくまで家族というチームの中でできた人格であって、自分たちの一部に過ぎない。ある意味演じているのかもしれない。でも、この時期を過ごせたことが、私たちの人生を豊かにそして奥深くしていることは確かなのです。なによりも、このチームでいるとリラックスしているので、自分が最高にいい状態で他のみんなに会えるのです。

子どもたちがまだ子どもであるぎりぎりの年齢の今、うちと石垣在住の仲良し家族の計三人の子どもたちプラス岡山から来た友だちとごはんを食べたことは、そしてその食材が全て愛によって真摯に調理されていたことは、子どもたちがそれをぱくぱく食べながらも三人ではしゃいでいたことは、そこにいたみんなのこれからの人生に良い働きをするとしか思えません。

岡山から来た友だちは、前に石垣で会ってから今の間にいちど体調を崩して死にかけてしまっているからなおさらで、またこうしてふつうにいっしょにごはんを食べたりしていることは奇跡なんだなとしみじみしました。あのとき彼が死んでいたら、このような旅をしても悲しい気持ちでいっぱいだっただろうと。

「サイレントクラブ」のプール

◎どくだみちゃん
石垣の夜

いつも雨が降っているようなイメージがあるけれど、そしていつも濡れた歩道のイメージがあるけれど、それはそういう季節に行くことが多いからだろう。

晴れているときもあんなに経験しているのに、おかしいなあ。

いつもサンダルの中はびしょびしょで、冷え冷えの建物に入ってもっと冷え切る、でも決して不快な感じだけではない、そんな感じ。

美しい川平湾を濡らす雨、雲の切れ間から射す光。

いくつもの船がゆっくり動き、不思議に変化する水の色を揺らす。

白い砂がまぶしく輝いて、無音の雰囲気をかもしだす。

沖縄本島の思い出はなぜか死でいっぱいだ。切ない死をたくさん見た。生も死もはげしいあの場所だからだろう。

二度と会えない人たちの面影が街のあちこちにはりついていて、急に涙が出ることがある。

それでもいい、ここが好きだ、と私はいつも思う。

ここでは私みたいにおしゃべりで、淋しがりで、会えなくなった人にお祈りばっかりしていることが別におかしいことじゃないから。あたりまえのことだから。

強い日差し、コンクリの家々、モノレールの音、やんばるの森がみんな吸い取ってくれる。そのままでいいよとは全然言ってくれないけど、いることをおおらかに見ていてくれる。それから小さい精霊がいつもくっついて歩いてくれる感じがする。

それと比べると石垣は私にとって生命だけの場所だ。

子どもたちの声がこだまして、明日を夢見る。

にじむような星空を見あげながら、これから先の人生でしたいことをぽつりぽつりと考える。

森や海に潜む魔は私達の幸せなイメージを嫌って逃げて行ってしまう。

悔しがって彼らは夜中にそっと部屋にやってきて、私達の夢に忍び込もうとする。

でもあんまりにもすやすや寝ていて人生の

喜びという鉄壁の守りに満ちているので、近づけずにまたすごすごと帰っていくのだった。だから石垣の森にはむやみに入らず、海ではあまり泳がない。

森は神聖な場としてそうっとしておくのがいちばんだし、

あの海の美に触れるのは、人知にあふれた船という乗りもので行くのがいい。

◎ふしばな

飲尿の話

私がなめ尿と漢方と鍼ででっかい子宮筋腫を治したのは少し前のことだけれど、そのときになめ尿どころかもっとまじめに飲尿をしていた友だちが、すごいことを言っていた。

たとえば、添加物いっぱいのおにぎりやサンドイッチやお漬物を食べる。食べるときはなんでもないし、おいしいと思う。

体に悪いなんてうそだ、けっこういい食材を使っているじゃないか、と思う。でも、翌朝尿を飲むと、明らかにふだんと違うおかしな味がする。

飲尿を始めてから、なぜかトマトを食べたくて食べたくてトマトに塩をつけてたくさん食べた。すると、尿がとてもいい状態になり、まるで野菜ジュースのような感じになった。

そうやって、舌ではなく尿を基準にだんだん感覚が変わっていくのがなによりも面白かったと。

「いらないものを出しているのだから、飲むなんてもってのほかだ」という意見もよくあるけれど、センサーとしての尿という考え方をしたことがなかったので（尿検査には納得していろのに)、なるほど!　と思った。

別の話だけれど、私は生肉を食べるとかなりの胃もたれがして具合が悪くなったり、頭に血が上って頭痛がしたりするので避けている。だが今回石垣で食べた生の猪肉は全く大丈夫だった。

地元の人が長年食べていて、新鮮かつ血抜きなどの処理が完璧なんだろうと思う。

羊はもともと大好きなんだけれど、「辺銀食堂」で食べた調理法二種類(麺と餃子)の羊は全く臭くないばかりか、調理法によって味の深みが変わっていた。

食材を知り抜いている人が作ったら、いろんなことが大丈夫になるんだ!　と思った。

辺銀さんちの羊麺!

ものを創る人

◎今日のひとこと

私は取材だったので冷やかしだったけれど、いっしょにいったタイラミホコさんは陶器を作り続けてきた人。

私の家は彼女の器でいっぱい、ほとんど全てに近いくらい。

彼女の器に盛りつけると全ての料理がカジュアルなのにおいしそうで、すごくパワフルになるのです。

なによりもそのお人柄が全部つまっていて、安心してごはんをのせられる。

いっしょにこけし師匠の工房を訪ね、彼女

必死に絵つけをするこけし三姉妹を五十嵐おじいちゃん師匠が写真に撮ってその場でプリントしてくれたもの笑　を写真に撮ったもの。みんな超真剣でおかしい

の学びの素早さに感動して、ますます惚れ直しました。

その集中力、失敗したときの悔しさとそこから来る学び方の謙虚さ。常に人情に溢れ、まじめで、人間的で、とても優しく弱くそしてとてつもなく強い。尊敬すべきその生き方全部がそこに出ていました。

「自分の手を通したものを必ず作品というクオリティに上げてみせる」という彼女の気持ちは炎のように燃えていました。それはもはやお金がどうこうとか、合理的かどうかとは全く無縁の世界なのです。

己との戦い、それだけです。ただストイックで厳しいことでもない。己の全てを知りつくしバランスを見つけながら歩くとき、その人だけの作品が初めて完成するのです。

ミホコさんと私

こけしの顔ハメ3姉妹

◎どくだみちゃん

旅の終わり

これまでどれだけ旅をしただろう。

もう二度と会えなくなった人もいるし、遠くに住んでいてたまにまた旅をできるねという仲間もいる。いつかまたあんな旅をしようねって。

どの旅を思い出しても、つらかったことは忘れてしまっていて、笑顔だけが残像のように残っている。


時間に間に合うために走ったり、気持ちの良いカフェでついついゆっくりしてしまって後であわてたり、昨夜楽しくて飲みすぎて朝だるくても、美しい景色の中でだんだん活力を取り戻していったり。


あらゆる初対面の人と家族のように過ごし、あらゆる初対面の人の車に乗せてもらい、うたた寝したりおしゃべりしたり歌ったり窓の外を見たりしてきた。

乗ったり降りたりは面倒くさいけれどトイレにも行かなくちゃだし、荷物も入れ替えなくてはいけないし。

体のあちこちをふれあい、同じごはんを食べ、風呂に入り、同じ部屋で眠り。

人生のあらゆることをしゃべりあい、わかちあい。

だんだんそのときが近づいてくると、どんな会話にも別れの影がちらちらのしかかってきて。

いちばん痛いその瞬間は心を逃して。

にじむ涙や必死の笑いにとけこませて。

翌朝にはもう会えない場所にいる。

そんなこと、どれだけくりかえしたって慣れやしない。

それなのにどこかで慣れてしまっている。体が勝手に荷物をまとめ、時間の計算をしてしまう。

こんな尊い時間を、測ることができるものはこの世にほんとうはないっていうのに。

だから旅はきらいなんだ。

そして旅をきらいになりきれないんだ。

◎ふしばな

昭和を求めて

栃木にあるとある温泉施設の話なのだが、異様に人気がある。

なんだか知らないがいつもいっぱいで、分譲棟や宿泊棟にもはや住んでいる人さえいるし、毎週来て足腰の痛みを治した人もたくさんいるらしい。

そんなに熱心ではない観光客の私みたいな人が行ってもとても楽しい。お湯はいいし、働く人もみな親切だし、ごはんもおいしいし、建物は古いけれど清潔感がある。

でも、それだけではないと思う。

ここには、昭和のあるタイプの人（いわゆる庶民層）が求めている全てがあり、そういうコードを持っている人にとって楽園なんだと思う。

私は下町でそういうものにとことん鍛え上げられ、もうお腹いっぱいな状態にあるので野次馬でしかないのだが、みんなほんとうに楽しそう。

特別でない見た目の、気のいい人たち、家

族たち。そういう人たちが好きなフォントとデザインのオリジナル健康食品。建物のデザイン、広告の貼りかた。とにかく気楽なくつろぎかた。歌謡ショー、おひねり、こたつ、おはぎ。

きっと私たちはみんな時代が急に変わって淋しいんだと思うのだ。

家に訪ねてきてくれる人はみな何かの営業で、営業スマイルを浮かべているこのような時代には、みんなで懐かしい歌を聴いたり、何回もお風呂に入って同じ人に会って挨拶をして、互いの痛い足をいたわり合うことが、ただそれだけのことができないような毎日を送っているんだと思う。

昨日、雨の中を傘なしで歩いていく小学生の女の子がいて、車に乗せて駅まで行ってあげたかったけれど、現代ではそれはもはや犯罪だし、その子も居心地よくないだろうと思って声もかけられず、なんだかぞっとした。小さい子がびしょぬれで歩くほうが安全な時代。そういう時代の中に、私たちはいつのまにかいる。

それに、高いお金を出しても手作りのものが食べられなかったり、マニュアル的でない会話がないことに疲れ果てているんだと思う。

そんなにいちいちお金をかけないでも、あれこれうるさく言われないでも（そこに寝転ばないでください、ここにいられるのはおひとりさま2時間のみになります、なにか一品のご注文をお願いしております……ｅｔｃ．）、好きなだけお風呂に入って、大広間でいろんな人といっしょにごろごろ寝ころべる。

たったそれだけのことがどこに行こうが、もうかなりなくなってしまっているのだ。

だからその人情味に人々はあんなふうに殺到しているのだろう。

のりピー！

◎今日のひとこと

ものごとの是非とか、裁きとか、裁かれたことへの対応とか、趣味が合う合わないとか世界が違うとか、私はそんなことにまで根本的に言及できるほど立派な人間ではありません。

ただ、こんな興味深いことはないよ、だって、あんなことを乗り越えて未だ中国では売れ続け、スタイルや美も保ち、なにがなんでも歌い続けている人なんだから！　これは私たちの青春にまつわる歴史の一ページに刻まれるライブだ、とだけ心から思いました。

今もすごい美人さん

酒井法子さんとは、ウィリアム・レーネンさんのつながりで近年何回もいっしょにごはんを食べています。

彼女がいちばん活躍していた頃、私はものすごく忙しくてあまりちゃんとドラマも見ていなかったし、ヒット曲くらいしか知らないから、とてもファンと言えるようなものではありません。

それでも近年の彼女の美しさ、明るさ、優しさ、根性。それからすごい速さで足の悪いウィリアムをサポートする運動神経、息子さんへの愛、そしてとにかく「凄み」としか言いようのないものを私は感じ続けていました。

この人は「何かを超えた人」だと思いました。あるいは彼女の人生自体がずっと過酷で、いつも超えてきた人なのかもしれません。

小泉今日子さんにもそういう超えた感じがあって、会うといつも「こういう人には一生かなわない」と思うから、そういう人でないと長く芸能界にいられないものなのかもしれません。

彼女の周りにいる人たちはとても良い人たちだけれど、私とは全く人種が違い、嚙み合うところも特にないのです（あっ、彼女の事務所の社長がめだか友！）。

だから友だちというのでもなく、知り合いというほど浅くない。

なぜなら、彼女が私の本の熱心な読者だからです。

読者のひとりとして、私は彼女を大切に思っています。

様々な背景を背負った彼女が三十周年記念に行ったライブは、ファン投票による人気曲三十曲を全部歌うというハードなものでした。

彼女がこつこつとヴォーカルトレーニングを受けていることを、私は食事のときに聞いていました。

そして世間の風がどんなに冷たくても、彼女はやり遂げました。

追い風のときにがんばるのは簡単だけれど、逆風の中でなにかを続けるってほんとうにきついものです。


私もデビューからなにひとつ作風が変わっていないのに、そして地味に家でこつこつ書いていたのに、ある日突然「オカルト作家」とか「高慢」とか逆風が吹いてきたときはびっくりしましたけれど、ひたすらにこつこつ小説を書くことでそれに対する反論をしてきました。


なんの言い訳もできないうちにマスコミが暴走していく中、ただ書くしかなかった若き日のつらさを思い出しました。

実際「哲学ホラー作家」みたいな感じになってきているので、なんだ、当たってたのか！　笑

ライブはまさに一夜だけアイドルに戻った彼女がファンに恩返しするような、ずっと歌いっぱなしのシャープな、ダレていないし媚びてもいないものでした。言い訳もゼロ。この言い訳ゼロを問題にする人もいるけれど、とにかくみんながあやまってばかりいる昨今、なんていうかもはや男気を感じました。かっこいいな〜！

特にマイナーコードの少し悲しくて歌い上げる曲になると、並ぶ人はいないくらいの良

さ。声量もばっちりあり、なによりもなにもごまかしていない、堂々とした表情の美しさ。続けるって、なんて大変なんだろう、と気が遠くなりました。

あのときにアイドルだった人で今も歌い続けている人なんて、数えるほどしかいないのです。

営業先の関係であろうちょっといかつい方々や、昔からのほんとうのファンたちに囲まれて、彼女はとにかく歌っていく。

そんな彼女の背負っているものの重みを考えると、私には絶対生きられない世界だと思うけれど、きっと彼女にとってはそれが慣れ親しんだ「環境」。あれだけの才能があれば、あの中を泳ぎ抜けて必ずやっていくだろうと信じています。

あの名曲「碧《あお》いうさぎ」を手話をつけて歌い上げた彼女を見て、みんな思わず泣いていました。私もそのあまりの美しさと輝きに涙が出ました。

人が何かをまたひとつやり遂げるところを見ることには、いつも鳥肌が立つような感動に満ちているなあ、としみじみ思いました。

◎どくだみちゃん

あの頃

みんながみんなピンクレディーの振り付けを、気が違ったように踊っていた。

「探偵！ナイトスクープ」でも実験していた。ある年代の女性に「ＵＦＯ」のイントロを聴かせると、かなりの割合で必ず踊り出すって。そしてそれはほんとうだった。

ちなみに男の同年代は「燃えよ　ドラゴン」の音楽を聴かせると必ずカンフーをやりだすということだったが、それもほんとうだと実証されていた。

でも、あの頃の私は踊りに全く興味がなくて、アニメとホラー映画のことで頭がいっぱいだった。

なんだよ、その中学生！

それで、みんなが踊っているのを無関心にただ眺めていたっけ。

今の私だったら、なんだかんだ言ってフラ歴もいちおう長いし、絶対いっしょに踊ってると思う。

だれよりも激しくパンツを見せながら……。

踊るって神様に祈ることとほんとうに変わらない。

ここに私がいます、確かにいますって。

こうして生きています、楽しんでいます、体があって嬉しいです！

そして宇宙のリズムを身体で感じていますって。

今思い出すと、あのとき、中学生の女の子たちのスカートの裾がひらひらしてるのがってもきれいだったことだけ、浮かんでくる。

あんなにもみんなが踊っていたから、休み時間にたとえぼうっとしていても、目が退屈することはなかったなって。

思い出の中のその光景には、もう天国に行っちゃった子のスカートの裾も混じっている。

もう戻れなくて、あのときいっしょに踊れなかったことだって、決して悲しいことではなない。

いっしょに踊ってたらきっと私は、自分のスカートの裾ばっかり見ていたと思うから。

関係ないけど、関西で観る「探偵！ナイトスクープ」は東京で観るのと気分が全然違う。周りを取り巻いている濃い空気が違うし、とにかく楽しくて、癒されて、夜中がこれから来るのが楽しみになってくるみたいな感じだった。

見た後みんなで番組中のネタについてひとしきりしゃべるのも楽しかった。関西の友だちやそのご家族はみんな、いつ番組に出てもおかしくないくらいの話術だったから、番組が終わっても私はずっと笑っていた。

若い頃、あの番組を関西で観る機会がいっぱいあったことを、ありがたく思う。

関西の夜の空気は、東京よりも暗くてきらきらしている。そして淋しさはもっと深い。だからこそ笑いだけがその中で人を照らす光なんだろう。

◎ ふしばな

時間の流れ

件の酒井法子さんライブに行ったとき、お客さんたちに驚いた。私が若い頃と全く同じしゃべり方、バックパックの持ち方、お化粧の仕方……の人たちがたくさんいたからだ。のりピー歴史で言うと、わりと初期の感じ。八十年代風のかわいいメイク。

彼らはいったい、どのようにしてこの年月

を過ごしてきたのだろう？

　もちろんそれはダサくもないし、悪いことでもない。

　そういうのはほんとうに好き好きでいいのだと思う。みんなそういうことに抱く感想が過剰すぎるのだと思う。

　今アメリカの田舎にいくと、オリビア・ニュートン＝ジョン（イギリスの人だったように思うけれどなぜかそう）のところで止まった人を普通に見るけれど、そういう感じに過ぎないというか。

　当時は若く流行のまっただ中にいた彼らが、どこかの段階で時間をぴたりと止め、新しい流行を取り入れるのをやめたのであろう、その瞬間がすごく気になる。

　たとえば、私はギャルを取り入れていない。それが全く、ひとかけらも取り入れていない。

全く、ひとかけらも取り入れていない。それが止まっているということであれば、あの段階で私ももう完全に止まっている。私の同年代でも、ほんとうにいい感じで、風味づけ程度にギャルを取り入れている人はけっこういて、すばらしいなあ、センスいいなあとよく思ったものだった。

　昔、すごく不思議に思っていた。街にある、おばさんやおばあさんの着る服ばかりを集めた商店。

　だれが買うんだろう？

　いつか、私もこういう服が似合うようになり、自然にこういう服を買うようになるのだろうか？

　そういうふうに思っていた。

でも、それは違った。私たちの世代には私たちの世代だけの「おばさんやおばあさんが着る、ちょうどよい服」を売る店がちゃんと残っていくのである。あのように私がいきなり変化するわけではないのである。

それにしてもライブ会場にいた彼らはコールドスリープからさっき目覚めてきたみたいな感じで、全く変わらなかった。あの頃の同級生に会っているような不思議な気持ちにさえなった。

持ち物も、いったい今どこに行けば売っているのだろう？　というくらい懐かしい感じなのだが（合皮のカバンに、先がとんがった靴とか、ブランドものではない黒いバックパックとか、髪留めのパールっぽい感じとか、ダメージドなデニムとか、わりとしっかり肩パッドが入った短めのジャケットとか）、古いものではなく、どう見ても最近買ったものばかり。こういう懐かしいアイテムが一堂に会しているお店があるのだろうなあ。

それから、私はそうとう後ろのほうの席だったけれど、サイリウムを持って踊りまくり叫びまくり歌いまくるおじさんたちがすぐそばにいて、なんでこの人たちほどに熱心な人たちが前の席を取れなかったのかも、すごく大きな疑問だった。

道を拓くこと

◎今日のひとこと

新潟でいっしょに仕事をした幻冬舎の石原さんが、夜寝る前にお願いしたマッサージの先生が元競輪選手で、新潟出身で同じく競輪選手から世界的なアクアリウムの制作に転向して独自の世界を作り上げて大成功し、昨年亡くなった天野尚[*12]さんという方のギャラリーの話をしてくれたそうです。

その人の紹介の熱意と、天野氏の写真集があまりにもすばらしかったことから、翌朝石原さんが私と家族を、彼のギャラリーに寄らないかと誘ってくれました。

石原さんと私

旅にしかない特別な流れの始まりです。全く予定していなかったこういう道がご縁だけからできるときは、見るべきものがあるときなのです。

そのギャラリーはすごかったです。圧倒的な迫力で自然界をそのまま再現したアクアリウムとそこに合った魚。働いている人たちがまだ天野氏を深く悼んでいて、強い情熱と愛情を持って働いている様子にも胸打たれました。

新潟のご実家近くにそのギャラリーを作り、アマゾンやアフリカに冒険の旅をして写真家としても活躍し、そこで見たものをアクアリウムに再現する……そんな激しい、己だけで道を拓《ひら》いていく人生がここで始まりそして終わったことを、しみじみ感じずにはいられませんでした。

個人的な感想ですが、彼の人生はただただきれいな上っ面だけのものではなく、さぞかしいろんな大変なことがあったんだろうなあ……というのがその全体の感じから伝わってきました。だからこそアクアリウムがこんなにも美しいのだと。

アクアリウム界ではだれもが知る人であっても、私たちは彼のことを知らなかった。そういう意味では無名の人だったのかもしれないです。でも、そんなことは関係なく自分の原点を大切にし、最後の最後まで人生の冒険を続けた太く激しく短い人生があったことを、知ることができてよかった。

だれもが通る王道を行くのはある意味安全だし、効率もいいです。きっとアクアリウムを学ぶにも普通の平坦な淡々とした道があったでしょう。そういう道を歩む人もとても大切です。人の持ち場はそれぞれだからです。

天野氏は極端だったかもしれません。でもだれかがそうしないと、新しい道はどうしてもできないのです。

それこそ、幻冬舎の見城徹社長だって、そういう人なんだと思います。

例えば気の小さいこの私にも、かつてそういう局面はありました。

私は王道中の王道、文芸誌「海燕」の新人賞をとって小説家になりました。

普通そういう人は、数年間「海燕」だけで書き続けるものです。守られているし、その間に力もつけられる。

でも早すぎたデビューで人生の経験が少なすぎることに焦っていた私は、どうしてもいろいろ体験したくてなにがなんでもそこを飛び出しました。

それがどんなに無謀なことだったか、すぐに身をもって知ることになるのですが。

今はただ、私を手放して陰ながら見守ってくれた当時の「海燕」の編集長の寺田さんや担当の根本さんの深い愛情をありがたく思います。

もしあそこで飛び出していろいろ痛い目に遭わなかったら、私はきっと今までこんなふうに第一線でがんばれなかったと思います。

どんなにそこに道がなくても歩こうと決めるのは、すごくこわいけれど人生の醍醐味です。

そうしない人を否定することは全くないです。でも毎日の中で小さく冒険をすることは、小さく自分だけの方法を（ただがむしゃらにではなく、お、ここはちょっと冒険できるかな？　というところに楽しく飛び込んでいくくらいでいいと思う）見つけることは、きっと人生の風向きを変えてくれるでしょう。

◎どくだみちゃん

都会のオアシス

きれいなビルの中のすてきなレストランで、とてもおいしいランチを食べた。

お店は大盛況でがやがやしていた。いる人には統一感があって、みんな小ぎれいだった。

働いている人もあまりにも整っていてきれいで、まるでロボットみたいだ。

ここでもし予想がつかないことが起こっちゃったらどうするんだろう。

バロウズがヤッピーを皮肉って書いていたそういう短編を思い出しながら私は考えた。

おばあさんが倒れちゃったり、子どもが厨房に紛れこんで大やけどしたり、それからそれこそテロとか。

お店の人はきっと逃げだすだろうなあ……いや、不器用にだれかを守ろうとするのかもしれない。いずれにしてもすごく勇敢に現実的にサバイバル的に活躍する、臨機応変な人はいなそうだった。

女同士でわいわいおしゃべりしていたら

「もうそろそろ他のお客さんが来ますので」という変わった追い出され方で追い出されたけれど、今はどこに行ってもそうだから、にこにこして店を後にした。

もうこういうところにいちいち心を置かないことにしたら、コンビニみたいに扱える。人の人生の時間とそこに払う数千円のほんとうの価値がわからないお店たちにはもううんざりだけれど、そういうふうに数時間便利に使うためだったらいいと思う。

そんな店たちには、いくらおいしくても特別さはない。十把一絡げでいっしょだ。

どんどん入れ替わり、取り替えられ、消えていく。出店する方も同じ意識なんだから、いいと思う。

きっと近い将来、ほんとうにそういうお店のサービスはロボットに取って代わられるんだと思う。

その後、仕事を終え、たまたま用事があって、とあるビルの屋上に行った。

見るからにできとうな露店が並んでいて、その中の一部がビアガーデンになっていて、なんだかわからないけどうどんの本格的な屋台まであった。

椅子やテーブルがてきとうに配置され、真ん中には池があって、それを囲んで飲み食いしている人たちもいた。

景色は全然良くないし、空気も悪い。

でもいろいろな世代の人が、ここはおしゃれじゃないということをわかりつつ、自分の思い思いのやり方でくつろいでいる様は、かなり心和むものだった。

私は友だちに深刻な相談をしようと思っていたけれど、あまりにもその場の空気が「まー、なんとかなるんじゃない？」という感じだったので、目の前のおやつとビールに身を委ねて話すのを忘れてしまった。

きっと、天国って、こういうてきと〜なところなんだろうな。

蓮なんかも咲いていて。

南国調の植物もひしめきあっていて。

空は青く、風が甘く。

なんとなくだけれどリラックスした人たちがつかず離れずの距離でそのへんにいて。

自分は自分の愛する人といて、深刻な話をしたらこのかわいい笑顔がきっと曇るから、今日はとりあえずやめておこうと思ったり。

小さな水辺

◎ふしばな
水槽まわりと講演

私は昔から、このことに大きな疑問を抱いていた。

どうして、水槽の中はすごくすてきなのに、あの酸素がぶくぶくいう装置や、温度計とか、油膜を取るなにかや、魚の餌のパッケージってこんなにもかっこよくないのだろう、と。

私の探し方がおかしかったのかもしれないけれど、なんだかなあと思っていた。

私はリクガメをかなり長いこと飼っているけれど、その保温ヒーターやライトのデザインも、実用第一すぎて初めはびっくりした。

きっと天野さんという人もそう思ったのだろう。彼の会社で作られた水槽まわりの全てのもののデザインがオリジナルかつ洗練されていてびっくりした。温度計やえさの容器まで全部ガラスで、ＳＦのようなすてきなデザインなのだ。

ちなみにそこの製品をまねた中国製のバッタものがなぜかめちゃくちゃ多い。

あんなふうに常にきれいに透明な水と水槽を保つのはたいへんなことだと察せられるから、この世のアクアリウム持ちの全ての人を讃えたい。

めだかを入れたうちの「小さな水辺」[*13]はすでになんとなく濁っているし、あんなにぴかぴかで清潔感のある雰囲気ではなくなってきた。さすがだらしない私のやることだ。めだかが元気ならまあいいか、みたいな感じだからだろう。

美しさを第一に動ける人たちって、見た目

にもキレがある。

たまに通っている英会話のおうちの近くに多肉植物をたくさん育てているおうちがあって、それがもうほんとうに完璧に世話をしていて、通行人の目を和ませてくれる小さな多肉植物園みたいなのだが、どんなに大変なことかを多肉植物をすぐダメにする私はよく知っている。うちに来た多肉たちはかわいそうだなあと思うけれど、あんなふうにはなかなかなれそうにない。

ちなみに余談として新潟の仕事だけれど、微妙に不便な場所にあったせいなのか、おそろしいくらいお客さんがいなかった。

まあ、私の人気がないとも言えるが、もう私が人前に出るのはあと数年だと思うので、もったいないなあと思った。新潟の読者で、休日で、なにかを求めているような人にこそ来てほしかった。

えらい人が「昨日初めて文庫本の『キッチン』を読ませていただきました」と挨拶に来ていたが、そんなことを言って私がマジで喜ぶと思う感性こそがどうにかしてると思う笑。

でももちろんお金をいただいてするお仕事だし、いやなことに目を向けてもしかたがないし、そこに悪気がある人はいないわけなので、さっと気持ちを切り替えてなるべく楽しくなる方法を考える。

ボランティアの方たちや、観客の中に必ずいるはずである、ほんとうに答えを求めている、人生を動かしたい数人のためだけに話を考えた。今回は病から復帰してお仕事をがんばっているアナウンサーの伊勢みずほさんにどうか届いてと思いながら話をした。

そうしたらみずほさんはわかってくれた。終わったとき目と目があったら、しっかり伝わった人の目をしていたから、すごく嬉しかった。

Ｔｗｉｔｔｅｒでも数人、ほんとうに伝わった感じのリアクションを受けた。みずほさん含むこの数人が、深いところで変化してくれたら、何千人の前でペラペラ話すよりも価値がある。そう、たとえ観客がたったひとりでも、私は顔を出した意味があったと思った。自分の話がすばらしいという意味ではなく、真摯な気持ちで観客と向き合うということにおいては、いただいたお金に恥じない自信がある。

みずほさん

近所の多肉ガーデン

引き寄せちゃんとお料理ちゃんと テソーミちゃんとどくだみちゃん

◎今日のひとこと

引き寄せブームの出発点、奥平亜美衣さんと対談をしました。

私は知人のかわいく賢い米田由香ちゃん[*14]のブログがきっかけで「みんなどんだけ引き寄せてるんじゃい！　石油が枯渇するんじゃね〜か？」↑冗談です、宇宙は豊かだから！

と思うくらいの引き寄せブログ合戦がこの世（っつーかＡｍｅｂａ界）では行われてることを知りました。

みんなそこはかとなく文体も似ていたりし

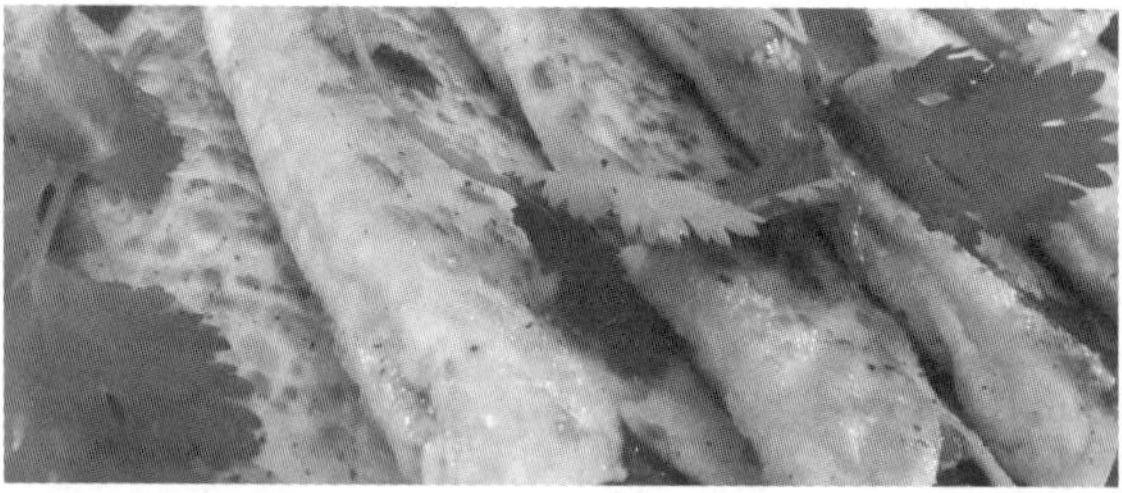

天才いち子さんのお料理「パパドのししゃも包み焼き」です！

て、このジャンル、発展するとますます面白いですね。

奥平さんの本は何冊か読んでいて、いつも「もっともだなあ」「同じ考えだなあ」と思うので、そこで止まっていたのですが、最近、弱い気持ちのときに読んだら自分の考え方のくせが実によくわかり、自分がどれだけ自分を縛っているかさらにわかって面白かったです。

あとからあとから出てくるくせを、私は平良アイリーンさんのホ・オポノポノの四つの言葉で心も入れずひたすらクリーニングしていくんだけれど、人によっていろいろな方法があると思われます。

奥平さんは昔から知ってる人みたいな感じで、全然違和感なく、そのすてきな声とはっきりした思想性と、そこに根ざした落ち着きにとても癒されました。

奥平さんの本を読んで、「ローンを組んで不安です」っていう人の悩みに答えて奥平さんが「今そのローンで得ている、いいことも見てあげてください」みたいなことを書いていたんだけれど、確かに！　私はローンを組んだことへの不安ですっかり忘れていました。

「多額の借金で自由を奪われた、不安を得た、相続税がたいへんでこの家さえも子どもに残せないかも」ということばっかりに気を取られてしまい、庭師さんが最高にがんばって土を入れ替え木を植えてくれたこととか、大工さんが心をこめて作ってくれたウッドデッキとか神棚とか、そういうすてきなことをすっかり忘れていたのです。

なんとかなるさ、お金がなくなったら引っ越せばいいや、知り合いのいる田舎もあるしさ。

払えなかったら売るなりするだろう、そりゃ息子の人生でわしの人生じゃないわい。

などなどすごく気が楽になりました。

大勢の人が支持したものを、ばかにする人はたくさんいます。

私も「ベストセラーの頃はばかにして読みさえしなかった」と何百回言われたかわからないけれど、何百人もの人がそう言ってきたんだから、それこそがステレオタイプです。

でも「君の名は。」にしても奥平さんの引き寄せの著書にしても、大勢がいいというものにはなにか納得できるものがある。そしてその「大衆」「大勢」というものは思ったよりもずっと知的で正確なものである。

それは確かなことだと思っています。

◎どくだみちゃん

めばえ

そんなふうにローンとその仕組みにもやもやしていたある日、蕎麦を食べに行こうということになって、近所の超おいしいお蕎麦やさん[15]に、手相見のまーこさん[16]と、お料理のいち子さんといっしょに行った。

帰りに「つゆ艸」[17]の世界一の豆かんを食べながら、私が「ローンのために苦手な仕事をするのがつらい」とお姐さんたちについぐちったら、ふたりはまるで歌うように、私の眼の前でどんどん言いはじめた。

い「私も昔、そういう仕事してたけど、やっぱり『この人たちには私のしたいこととか伝えたいこととか一生伝わることはないな』っていう人たちに接してると、モチベーションが下がるっていうか、書く気がしなくなるというか、書けなくなるよね！　そういう人にはやっぱり接しないほうがいいよ、世界が違うんだもの。同じような世界の人に接していると、たとえもめてもストレスはないからし」

ま「すでに書いたものがどこかの国でどかんと売れるといいねえ」

い「私みたいな、世間と違う好みの人がいいって思う本なんだから、きっとあなたの本は万人向けじゃないっていうことはわかるんだよねえ、でもだれかがすご〜く必要としているし、必要としている人がちょうどたくさんいる、そういう国がきっとあると思うんだよね、まだ出版されてない国の中にさ」

ま「そこで売れますように！」（天に向かって）

い「そしたら、ローンなんて組んでることさえ忘れちゃうかもよ〜！」

ま「三年で返すとかは無理かもだけど、十年じゃだめ？　それならなんとかなるんじゃないかしら」

い「そうだよ、それならきっと余裕だよ！」

そのふたりを見ているだけで、私の中にたまっていた何かがどんどんどんどん剝がれ落ちていった。

印鑑を押すのがこわかったこと。
どきどきして書類を何回も読み返したこと。
それでも自信がなくて逃げだしたくなった

こと。

「家族のために無理してる」と言い訳しそうになる自分を何回も打ち消したこと。

しっかりと契約を交わす大人の仮面の下で震えていた、私の中の小さな子どもが確かにいた、ということがわかった。

そしてふたりの癒しの光に照らされて、内側から新しい、やわやわの、淡い色でキラキラしたものが芽生えてきた。

それはほんのちょっとの芽だったのだけれど、確かにそのときに生えてきた。

私はもちろん私のことをよくわかっている。
お金のために苦手な仕事を受けるにも限界があるからむりはしていないし、
ローンを一年で全部返すとも思ってなくて、
今の二十数年を十数年くらいに期間を縮められると、金利が変動でもまあそんなにたいへんにはならないだろうとわかっている。
それでただこつこつと仕事をしているんだけれど、
そして仕事を受ける受けないもすごくスリルを持ってわりと楽しく選んでいるから、大丈夫だと思ってるんだけれど。
たとえわかっていることでも、自問自答だけではないというだけで心が開く。
勘が鋭く同じような業界で人生を生き抜いてきた、自分ではない、そして目上の人たちが、
そのきれいなお顔で、甘く美しいふたつの声で、口をそろえて、たまにかわいい笑顔をちりばめて、歌うみたいに、しかもなんの裏表も妬みもなく軽〜い調子で明るく言ってく

れたことでどんなに気持ちが楽になるのか、その力のすごさにびっくりした。

私ももう少し年を重ねたら、あんなふうに、とっさになにか聞かれたときでも反射的にだれかを心から楽にできるような、しかも正直な言葉を言える人になりたい。

急に年をとるのが楽しみになってきた。

「う〜ん、どうなんだろうね、でも仕事がんばってるから大丈夫じゃない？」

「吉本様なら、二十五年ローンでも返し続けられますよ、だから定期も作ってください」

「来年どかんともうかって一年で返せるんじゃない？」

「俺からいっぺんに借りてくれたら、ついでにもっと増やしてやるのに」

「なかなかたいへんだねえ、七十過ぎてまだ借金があるなんて」

そういうてきとうな言葉ならだれにでも言えるし、私の苦手な一般的な会話っていうのもだいたいそれでできている。

そうじゃなかったからこそ、ほんとうにその人たちの存在を、生きてひとり切り開いてきた道のりの説得力を、心からありがたく思った。

お金には代えられないこの感謝の気持ちをおふたりに返すには、私が私でいることしかない。私が私をむりなく発揮することでしか、返せない。

その美しい仕組みのすばらしさに、くらくらした。

下北沢「つゆ艸」の世界一の豆かん！

◎ふしばな

Xファイル

おいしい餌を毎日あげていたら、めだかはぼうふらや落ちてきた小ばえを食べなくなった。

食べ物に見えないらしい。

これって人間社会の比喩かしら……と思ったりもするけれど、そこまで考えるとややこしくなるから、ある程度で止めておく。

でもそこに生っているものをもいで食べたり、矢で動物を射て解体して食べたり、鶏を飼って卵をとったり締めて食べたりしていないかぎり、私達だってそんなめだかたちとなにも変わらないのかもしれない。

数を減らして強い遺伝子だけ残したければ、ちょっとだけ毒を入れた安い餌をばらまいたりすればいいわけだし。

意識的に食べるに越したことはない。

ある時期、「Xファイル」をずっと観ていたら、いきなり少しずつ英語が聞き取れるようになった。

それでも全くだめだと思っていたのは、

「未知の爬虫類」「証拠の信憑性」「陰謀説は金になる」「異星人に胎児を取り出された」などという超むつかしい単語や言い回しがいっぱいで、それは全く聞き取れなかったからなんだけれど、多分一生使わない単語だと思うんだな……。

子どもの頃、庭の水鉢に異様ななにかがたくさん発生したことがあった。

小指の半分ほどの長さ（すごく大きい）の、芋虫ほどのふわふわした何か（真ん中に真っ黒い線があり、目も黒い）にひゅうっとおたまじゃくしのようなしっぽがついているものだった。

姉はわざわざそれを生物の先生に見せに行ったが、なにだかわからなかったそうだ。

その人、生物の先生を辞めたほうがいいのでは？　と今の私は思うのだが。

のちにそれはでっかいアブの赤ちゃんだとわかったのだけれど、そのときはほんとうに未確認の生物だと思った。

そのくらい不思議な見た目だった。

対策のために父が水鉢に金魚を入れた。

乱暴な方法だけれど、金魚はあっという間にその幼虫たちを食べてしまった。

私は時々思う。

宇宙人とか、未確認の生き物とか、地球外の生命体とか、そういうものがいたとしても、もしかしたら金魚が食べちゃったり、私達のうつした軽い風邪菌で死んじゃったり、大気汚染であっさり呼吸が止まったり、そういうことってあるのかもしれないな。

秘訣いろいろ

引き寄せの秘儀（あたりまえを考える）

◎今日のひとこと

勝手にメルマガを書きまくって競合（ただし労力のわりにはさっぱり稼いでいないから許して……）しておいてなんですが、私は出版社や編集者さんたちにすごく感謝しています。

作家というのは、個々の異様な好みで固定された癖を持っている珍獣のようなものです。

ある人はルビが気になり、ある人は改行が気になり、ある人は発売日が気になり、ある人は直接会いに来ないと礼儀がないと言い、ある人は全部メールで連絡しろと言い、ある人はお菓子が好きで、ある人はダイエット中。

うちのカメ十四歳

ある人は宇都宮から移動中とうそをついて遅刻をごまかしたり！　そういうそれぞれの基準がいちいちその人たちにとって重要事項だったりするので、めんどうくさいったらありゃしない（何人の編集者さんたちが今吹いたか、見えるようだ）。

その珍獣となんとかつきあいながら原稿を書いてもらい、それを校正さんに渡したり、イラストレーターさんに絵をかいてもらったり、デザイナーさんと打ち合わせたり、編集会議をたくさんしたり、印刷したり。その間にも様々なトラブルがあって、全部解決しなくちゃいけない。やっと本ができたと思ったら今度は宣伝の日々。いちいち同行して世話をしないと珍獣がへそを曲げてもういっしょに仕事をしてくれなくなってしまう。しかも昨今においてはそんなにも苦労して作った本があまり売れないという、大変なお仕事なのです。

三十代はあまりにも忙しかったので、時間がもったいないのとごちそうしてもらうのが申し訳なくて、ほとんど打ち上げをしませんでした。でもあるときハタと気づきました。

打ち上げというのは、編集者さんたちが唯一、経費を堂々と使い、仕事だと上司などに堂々と言いながら外で飲み食いできる、比較的リラックスしたごほうびの時間なのだと。つまり編集者さんをねぎらうためにこそ必要なことなのだと。

だからできるだけやるようにして、先方の好きなお店になるべく合わせるようになりました。そして早く切り上げて、できれば家に早く帰してあげるようにしています。
私も大人になったということなのでしょう笑。

そういうことがわからなかった幼い時代から、ずっといっしょにいてくれた編集者の人たちにほんとうに感謝しています。
私は傲慢になったことはないけれど、疲れのあまり対応がずさんだったことはたくさんあると思うのです。ごめんなさい。

はっ、でも昨日行われた『イヤシノウタ』の二度目の打ち上げは、デザイナーの中島さんの「具のないスープカレーが食べたい」というリクエストにより、具が多いことで知られる下北沢の名店「マジックスパイス」[*18]でわざわざ「具を少なくしてください」という珍しいリクエストをしたのだった。新潮社の加藤木さん、ごめんなさい。今度は加藤木さんが好きなものにしよう（何回打ち上げをやる気だろうか？）！

小説を書くというのはある程度専門職だからだれでもできるというものではありません。だからこそ量産しないでいいものを少しずつ書いていきたいのです。そうして小説を書くのはたったひとりでする長く孤独な作業だけれど、それが編集者さんに渡り、いろいろな人にお色直しをしてもらって、うんと時間をかけて書籍になるとき、新しい命が宿るように思います。そしてその子は私の手を離れてそれぞれの読者のもとに旅立っていくのです。
書籍を出版するのは「小説を書く」こととは正反対で、多くの人たちとチームを組んで、バンドのような感じです。

依頼があって書くエッセイというのは、自分の好きな枚数とテーマで書けるわけではないので、スキルを磨きながらもクオリティを落とさないようにする「ドリル」のような感じがします。自分の中では「お仕事」というカラーが最も強いのがエッセイです。

ほんとうに生きてる！　うわ、思ったよりずっとデブ！　みたいなことをたまに確認してもらうために（？）たまに人前に出る仕事もしますが、やはりそれは本業ではないので、断れないほど楽しみなめったに会えない人たちに会えるか、ギャランティがよほどいいかでもないかぎりはしません。私はとにかく書くのが好きなんです。書くことしかできないんです。

ちなみに最近知った役立つことは、せいろの下にクッキングシートを敷いて蒸し鶏を作ると煮こごりがシートに残って、取りだすのが楽だしおいしいということです！

田園調布のものすごくおいしい小さな台湾料理屋さん「茶春」[*19]の奥さんに教わりました。この人の料理のセンスはすばらしい。地味で小さいお店だし夜すぐ閉まっちゃうけれど、中国茶ひとつ取っても、たった五百円で、他のお店なら千二百円くらい取るだろうといいお茶が飲めます。

しかし残念ながら週に三日くらいしか開いてない！　そんなゆるさも大好き！

◎どくだみちゃん

退屈を追いぬく

同じ午後を同じように同じ部屋で過ごしていても、退屈に追いつかれていなければ全てを幸せのまなざしのうちに見ることができる。

ちょうどよくトイレットペーパーが買い足してあって、それをホルダーに入れる瞬間なんて、これ以上ぴったりくるものはない満足感だ。

新しいトースターが届く。それに合わせてパンを買いにいく。ちょうどいいパンがある。うまい具合に人からチーズをもらう。

そんな小さな奇跡が満ちて、生きていることをいつまでも続けたくなる。

退屈に追いつかれてしまうのは、気持ちの張りが抜けているはざまの時間だ。

目が覚めたらだるくて、外は曇っていて、それは心に力と光と安らぎを与えてくれるような、あの、私の好きな曇り具合ではない。雲も美しくなくたわんでいて、眺めているだけで心の汚れが浮きでてくるよう。

いっそ北陸のように鈍い色の雲が美しく連なって光っていてくれたらよかったのに、そんなふうに思うところに、じわじわと忍び込んでくる。

見はじめたけれどだらだらしてつまらない映画、いちおう手がけてはいても進まない作業、思わぬ変化の輝きを失った雑事。

その中で喜びは色あせて消えていく。

そんなことがないように動き続ける。足を手を動かし追いつかれないように。心の中の活気にうちわで風を送る。今思いついたことは今やって、考える間もなく動いて、形にしていく。

そのときはただ徒労に思えても、そういうものたちは光のかけらになって、あの日ためらいがなかった自分に、いつか思わぬときに色とりどりの小さなビーズのネックレスをくれる。

このキラキラさえあれば、日常に奇跡が戻ってくる。

その小さなエンジンで人生は推進する。

◎ふしばな
引き寄せ以上

前日の晩ごはんの時間が早かったので、朝からものすごくお腹が減っていたけれど、忙しくて食べるひまがなかった。昼も引き続き忙しかった。

お昼ご飯を残り物から短時間で作って食べなくては、なにならできるかと仕事の合間にかなり真剣に考えた。

「よし、今日のお昼は、昨日の残ったごはんの上に、ちりめんじゃこの石垣島ラー油がけと小松菜のおひたしと炒り卵を載せた丼ものにしよう」

実際にそれをささっと作って食べたらかなりおいしかった。

そしてしみじみ考えた。

「ささいなことだけれどすごいことだ。思ったことがすぐにこんなに思った通りに実現するなんて、人生ってなんてすばらしいんだろう。これってきっと他のことにも応用がきくにちがいない。願望実現とか引き寄せというテーマだけでたくさん本が出ているけれど、この感じをこのまま現実ですっとできればいいだけだという気がする。たいへんだと思いこんでいるからできないのではないだろうか。紆余曲折が少ない道はきっとなににでもあるはずだ」

それを深く考えきっただけで、今日の仕事は終わったような気持ちにさえなった。

よく考えてみると、だいたい、旅行とか外出の予定だけをとって考えてみてもすごい。

今日の予定に合う服装で出かけていって、自分が装備した服が暑さ寒さや移動の形にだいたい即していて、乗り物もおおよそ時間通りに無事に乗れて、自分の望んだ家なりホテルなりにちゃんと帰ってこれるなんて、よくよく考えてみたらすごいことなのだ。

インドとか、イタリアとか、そういうことが多少困難な場所はもちろんこの世界にはあるけれど、ちょっと心労が多くなるだけで、よほどのところに足を踏み入れるか、運命的についてない場合以外、命を取られることはほぼない。

カレンダーやスケジュール帳に書いてあることが実現してしまうこと自体がすごい。まだないことがこの世に出現する瞬間をみんなが味わっているのだ。その点においてはほとんど全員が小説家のようなものではないか。これだけ多くの人が好き勝手に予定を組んでいるのに、たいていのことが実現してしまうなんて。

実はそうやって引き寄せだとか願望実現だとかを、私たちは毎日行っている。それがあたりまえだと思っているから、不思議と思わず、深く考えて間違えたりせずにできるんだと思う。

もしそれがあたりまえでない日が来たら、きっといちばん懐かしく思うのは、あたりまえに「自分が思ったような一日」を過ごせたときのことだろうし、それが奇跡だったと知るだろう。平和はいいなという話ではありません。

「それは自分にとってあたりまえだ」と思うことだけで、実はだいたいのことが手元に来るようになる。

あたりまえではない、と密《ひそ》かに強く思ってしまっているから、やってこないのだ。

それだけのことだ。

この世には「新鮮なお刺身を毎日思い切り食べるのが人生の望み」というほとんど魚の捕れない地域の人がいる。その人にとってお刺身は引き寄せとなり、困難になる。しかし「海辺に住んでいてお肉よりもお刺身が安い」という人にとっては、それは望みではない。あたりまえのことだ。だから引き寄せなくていい。

ないものを引き寄せたいと思うから、不思議な力みが入って実現し難くなるのだ。

それから人間というのはないものねだりが好きなようで「お刺身を思い切り毎日食べたいから北海道の海辺に住んではみたけれど、淋しい……山に帰りたい」などと思うものだから、引き寄せたというか、北海道に行った自分の行動力のすばらしさなんてすぐ忘れてしまうのだ。

それが金でもいいし、モテでもいいし、仕事でもいい。これは自分にとって当然のことだと思えない状況になっているのは、そう思えないブロックが存在するからだ。それは個々のトラウマや育ち、これまでの失敗体験などで明確に理由があってそうなっているので、そのブロックを取るというのはつまり己に向き合うということになる。しかしガチンコで向き合うと厳しいしあまり動きがなくなるので、横目で見ている、軽く泳がせる、気づいてるけど許してあげる、くらいの感覚がいいと思う。するとやがてブロックは（ある程度ではあるけれど、別の視点を得るには充分なくらい）自然になくなっていく。

また、もしも「あなたの理想の人生を思い浮かべてください」と言われて、働かなかったり、プールサイドにいたり、タイトな服を着てカクテルを飲んでいるような場面や、シャンデリア的なものや、高層ホテルの部屋的なものや、海辺のコテージみたいなものや浜省が歌ってたみたいなもの（古っ）が浮かんでくるとしたら、それがほんとうの望みかどうかをよく考えてみてほしい。

それはほとんど刷り込みからくる成功のイメージだから。それだったら自分に即してないから実現するはずがない。

「長い間漁師をやってきたおじいさんが引退して、まだ足腰はしっかりしているからたまに海に入る。知り尽くした海はまるで庭のような状態で、海の底のどのへんにどんな魚がいるかまでわかっている。その海を目の前にして、自分の土地の自分で建てた家の縁側で、一日二合のおいしい日本酒を飲んで、昼寝をする。夕方目覚めると、きれい好きな妻が家中をきれいにしておいしい魚の煮付けを作っている」

「二十年間朝六時からの番組のキャスターをやってきたが、最近やっと引退した。しばらくは深夜ダラダラ起きて酒を飲んだり、朝は遅くに起きて化粧もしないで思い切りウダウダしよう！　そのあとのライフスタイルは思う存分それをやってから考えようっと！」

これらだって完璧な成功体験だということを、私たちはお金関係の洗脳によってずいぶん忘れてしまっている。

自分にフィットした形に置き換えれば、実はいろいろな望みが大なり小なりそうとうなところまで叶っていることがわかるはず。それを叶えてきたのはほとんど自分だということをほんとうに理解したら、自分の底知れない力に驚異を感じるだろう。

そしてこれからどんどん変わっていける自分の力を確信できるだろう。

まどろみ

海水のヒーリング効果

◎今日のひとこと

体を海にひたすと、じわじわっと体の奥からなにかが浮いてきて、はがれて溶けて消えていくのがわかります。

これはきっと、人間を生み育てた海の偉大な秘密の力なのです。

プールが嫌いで海が好きな私は、世界中のいろいろな海でたくさん泳ぎました。沖縄、ニューカレドニア、イタリア、フランス、マルタ島、ハワイ、モルジブ、ギリシャ、バリ……などなど。どこもそれぞれすばらしかったです。

本文に出てくる「牧水荘土肥館[*20]」という宿の露天風呂にある立派なゴムの木です

でも私にとっては西伊豆の土肥《とい》の海だけが私を癒してくれる、何よりも貴重な、病院みたいなところなのです。私を作ってきた成分のいくつかが確実にそこにあるのです。

きっと人それぞれだれにでも、そんな場所があるはず。

そこに行ってそこの自然や土地に触れることを一年の中のどこかで大切にしていくことが、人生をどんなに癒すか！

私も大人になるまでわかりませんでした。

土肥にはなんにもありません。おしゃれな店もないし、おみやげものやさんもほとんど閉まっている。

去年と今年は「土肥劇場」[*21]のカフェとバーがあって助かった！

一軒だけあった「Ｂｅｅｔｌｅ！」というカフェ（いつもひたすらにビートルズがかかっているお店）さえもほとんどもう気まぐれな時間帯にしかやっていないです。

それでもやっぱり、波がほとんどない湾の中の温かい海は海水浴には最高。海から眺める緑こんもりの山々もうっとりするほどすばらしい。

海に入るたびに「幸せ、幸せ！」と思わず口に出してしまいます。

温泉もさらっとしていて優しいお湯です。

地魚のお刺身は新鮮だし、海と山を照らす西日の美しさもすばらしい。西伊豆の魅力は西だけに夕陽だなあと思います。

私と私の小説とつぐみとまりちゃんを育んだ　笑、世界にひとつしかない西伊豆土肥温泉にいつかよかったら行ってみてください。

ほんとうになにもないけどよ～！

　穏やかな海と温泉と大きな柳の木とのんびりした長い砂浜があるだけ。

　でも私にとっては世界一のヒーリングスポットなのです。

　だれかあそこでカフェをやってくれないかなあ！

土肥の川べり、昔はあひるがいた

◎どくだみちゃん

ボロボロの象

　家の中心にいつもあったパキラの木がだんだん弱ってきた。

　もう二十年くらいずっと神棚の隣やリビングの中心にあったのだ。

　何回も引越しをしたのに環境の変化についてきてくれた。

　いつもその木陰で気持ちを憩わせていた。

　その葉がなくなってきたら、なんとなく窓辺がみすぼらしい。

　そしてパキラとの歴史を思って淋しくなるばかり。

　だから大きな木を見つけに行こうと思って、植木のあるお店に行った。

もうむだなものはなるべく買わないようにしないと、家がものでいっぱいだと私はいつも思っていて、それなのにそのお店で椅子でぐったり寝ている大きな象のぬいぐるみから目が離せなくなった。

編みぐるみみたいな素材で、毛羽立っていて、ボロボロで、自分で立っていられないくらいの重さで。

それはちょうど私が昔飼っていたボロボロの犬に似ていた。白とグレーが混じっていて、色もそっくりだったのだ。

抱き上げるとずっしり重くて、私のほうにもたれかかってくる感じ。

私はその象をそのまま抱きしめてレジに持っていき、植木を買うはずのお金で買ってしまった。

そしてどうしてだろう、あのパキラが枯れるまで、新しい植木を買うのをよそうと思った。

涙が出るくらい真剣に、そう思ったのだった。

すると数日後、パキラが急に新しい葉を出し始めた。

それからまた数日後のことだ。

海の温泉で生き生きとしたゴムの木を見た。露天風呂のまわりじゅうに根を張り、いい匂いの肉厚の葉っぱが湯気にさらされながらキラキラと輝いている。

これならそして今ならと思って、帰ってからネットでゴムの木を買った。

今、パキラと象とゴムの木は仲良く並んでいる。窓辺はパワフルになり、私の人生を彩っている。

断捨離は大切。常に部屋をきれいに保ち、必要なもので満たし、配置換えをしては新鮮な気持ちで眺めることも大切。でもいちばんだいじなのはそのものが家にくるまでの流れと順番と縁なんだ、そう思った。

◎いろいろさしさわりがあるからどくだみちゃんみたいな文体のふしばな

アマゾン大河

アマゾンがなんでアマゾンという名前なのか、だんだんわかってきた。

そこに人類の全てがだんだん集約されていく秘密の大河だからだ。きっとピラニアだって住んでるし。嚙まれても自己責任な気がするね。

準備万端で時代の波を次々に追いこしながら、濁流でなにもかもを押し流して、アマゾンはゆく。

いろいろな人たちの気持ちなんてどんどんなぎ倒し、きっと世界一の大きさになる。

うまくいかなかった製品はそっと影を潜めて、二度と画面に出てこなくなる。私の愛したKindle fire HDXはたった数年前のものなのに二度とは手に入らない。
生まれ変わってもっとすごい姿で出てくるのか、もう会えないものなのか、私には決して選べない。文句を言う権利もない。ネット上でからかってみてもその大きな力の前にはかなわない。私の人生や私とfireが作ってきたささやかな日々なんて、大河の一滴ですらないのだから!

そのかわりいっぱい恩恵も受けている。

自分が欲しそうなものは常に更新されて並び続け、いつもそそられながら、買いたいものにめぐりあって、私たちはうんと満足する。

ちょっとした飲み物などなら数時間でやってくるようになった。

ありとあらゆる契約はさりげなく全部先方に有利な形だが、元はとれるからみんな気にしない、微調整をしながら、細かい批判の声は「未来に改善して返すから!」と無視して、きっと過労死寸前で働く人たちをとにかく乗せて、彼らは時代を変えてゆく。

もうすぐ空から荷物がやってくるようになる。もうすぐロボットが荷物を持ってくるようになる。その準備を今から彼らはこつこつ、じわじわとしているから、私たちはいつのまにかその一人勝ちの世界の支配下にいることに気づかない。

水面下で全てが行われているのだが、ものすごい情熱で行われているから、咎《とが》める気持ちにさえならない。

私たちはアマゾンがないと生きていけないようになる。「りんご」や「楽」は完全に追い抜かれた。あれだけの準備を水面下で細かくやって、発表するときには即実行するという実力が彼らにはどう考えてもなかったのだから、しかたがない。

テレビも読書も日用品も食事もみんなアマゾン界からやってくる未来を、私たちはもうすでに選んでいる。いつのまにか暮らしに入りこんできて、二度と手放せなくなっている。

でもドローンやロボットは、過疎地のお年寄りにおしめや水を、歩けない人が住んでいる家のドアの前に食料を、山や崖や天候や階段をものともせずに運んでくれるのだろう。

それは私たちがいつの間にか選んでいたSF的な善き未来なのだろう。

むきだしの傷にしみるもの

◎今日のひとこと

私も人間なので、悲しんだり苦しんだりします。どうにもならないことを抱えて泣いたりもします。

それはそうでしょう。だれだってそうでしょう。


そんなときは空を見たり、ひたすら歩いたりします。それから無心でフラを踊るためにスタジオに行ったり。愛する人たちの踊りを見ているだけで元気が出てくるし。ダンスってすごいね！

大好きな人たちが創った、本を読んだり、

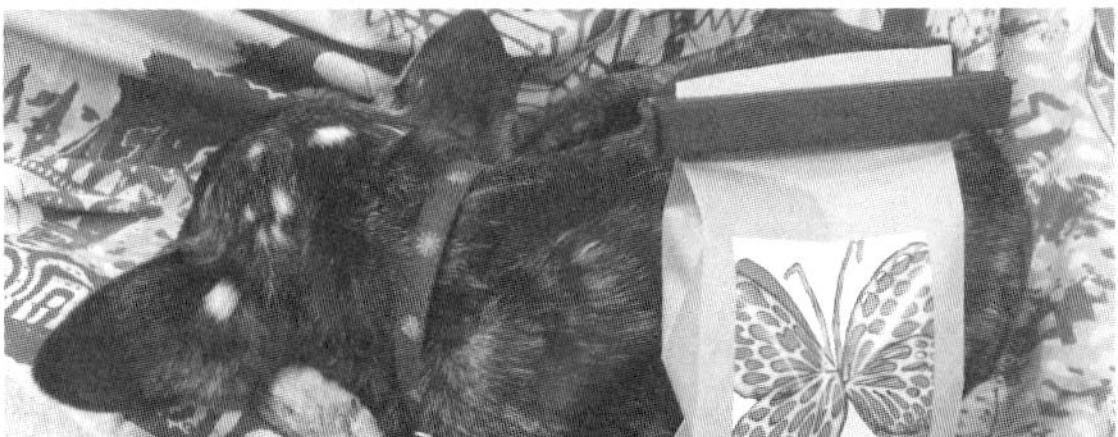

最愛のオハナばあちゃんと「グラウベルコーヒー」のすてきな豆パッケージ

音楽を聴いたり、映画を観たり。

意外に身近な人には言わないことが多いです。特に仕事のことや生き死にのことだと、自分で考えるよりほか、どうしようもないですものね。

何週間もどうにもならないときは、結論を出してもらいに行くのではなく、頭を整理するためにサイキックの友だちに相談しに行ったり。

そんな中で、必ず自分の苦しみに呼応する芸術がこの世にはある。それだけでなんて世界は救いに満ちているのだろうと思います。

こんなに多くの人たちが自分の傷をさらして、だれかの救いになりたいと思っている、その親切さ。それだけでこの世には価値がある、そう思います。

全てを恋人や他人や家族に期待していた頃には、孤独のあまり意味もなく新宿や池袋(渋谷や六本木ではないのが下町感あり)を泣きながら歩いたりしていました。ナンパされても無視。ただただ泣きながら歩くだけ。そうすると家に帰ったとき、もうこの際だれかがいるだけで嬉しい、そう思えるようになるのでした。

今の私は大人になり、たとえたったひとりで暮らす将来があったとしても、本気で愛した人たち、同じく愛し愛されてもう天に逝ってしまった人たち、心通い合った動物たちの思い出があれば、若いときのように、たったひとりであるという気持ちにはならないような気がします。

都会はひとりでいるとことさらに孤独を感じる場所です。単に物理的にひとりだという だけで、なにかにさらされてしまう場所。自分のキャパを超えた人数の全く知らない大勢の人を目にするし、あたかもみながひとりではないように見えてしまう場所。

そのからくりに目をくらまされてはいけないのです。みんなが淋しい場所だからこそ、みんながあたかもひとりではないようにふるまってしまうのだから。

そんなわけで、ひたすら歩いて疲れて座ったカフェで店員さんが優しい言葉をかけてくれたら、それだけでもう心は柔らかくなります。

そんな風に心が弱いとき、私は同じように心が弱くなっている人のことがはじめてわかるのです。自分の中にもしかしたらあったかもしれない、人生への傲慢さや他人を裁く心も溶けていきます。

逆にとても冷たい店員さんに当たったりすると、ほんとうにもう消えてしまいたくなります。

だれでもそうなんじゃないかな。

もし自分の書いたものが、だれかをどこかでそんなふうに、通りすがりの優しい店員さんのように支えることができたなら、私はまだまだ書いていける、そう思うのです。

私にとってそれは書くこと（話も下手だし、体力もないし、運動神経もないし、主婦としてもデタラメ）だけだけれど、人それぞれ、必ずそんな何かを持っているはず。

それさえあれば、あとは何にもなくても、がんばらなくてもいいんじゃないかな？　とさえ思います。

◎どくだみちゃん FUKUSHIMA

福島の人たちは深いところでとても傷ついていたように思う。

とにかく顔を上げるのがむつかしいくらい、いつ泣きだしてもおかしくはないくらい。

「あなたには絶対わからない」という気持ちと、

「来てくれてありがとう」がないまぜになって、かわるがわる、本人にも予想がつかずにランダムに出てくる状態だった。

ほんとうに傷ついたとき、人は悲しむのではなく、怒るのだ。

なにに対してというのはあるようでいて、実はない。

よく言われるように「実は自分自身に対して」というわけでもない。

「理不尽と感じることへの怒り」もすごく近いが実は少し違っている。

怒りのための怒りが腹の底からわいてきて、それこそが自浄作用なのだ。

そんなふうにほんとうによくできている人間の肉体と感情というシステムを、自然はただ眺めている（もちろん原発は自然には属していない）。

自然はただ破壊したり、荒れたり、気まぐれなだけではない。

足元の小さな虫さえも、卵からこの世に生まれてきて、虫として食べ飲み排泄し繁殖し、ささやかに幸せを感じていたのかもしれなくても、大切にしているものがたくさんあったとしても、もっと巨大なもの（自然だけとは限らない）の都合で、あるときだれかのサンダル（これは地震ではなく原発のようなものかもしれない）で気まぐれに踏まれてつぶされてしまう。

そんな全てに対してのどうしようもない怒り、しかしそんな全ての中で生きてきたことがすでに奇跡であること、どんなことが起きたとしてもやがてまたその奇跡がくりかえされては流れていく巨大なこの世の仕組み。

その中で感情は最も弱い武器で、愛がもっとも強い。

そんなことを、ただこちらを眺めながら、気が遠くなるほどの回数をくりかえしながら、教えてくれるのは地球の自然の営みだけなのだ。

それはダイナミックなだけではない。こわいくらいに繊細な、完璧なものだから、私たちは敬うのだ。

◎ふしばな
スマホGO？

世界は広く、一歩外に出たら常識なんてまるで違っている。

イタリアでは食事中にハンカチで鼻をかんでそれをポケットに戻すのは礼儀にかなって

いることだ。逆に、食事中に鼻をすするのは最悪なこと。

でも日本では強いて言えばなんとなく逆な気がする。

習慣の違いだと思いつつも、私は私でいつも彼らのポケットの中のハンカチが気になってしかたがなかったもの。

こんなのは小さいことだけれど、もっと大きな違いがある国はたくさんある。命に関わることもたくさんある。

ビキニ姿で通天閣の下を歩いても多分殺されないと思うけれど、コロンビアのスラム街でそれをしたら多分殺される確率は高くなるだろう。でもタイの小島のビーチならなんでもない。

外国の田舎でサイン会をすると、全く字が読めないという人たちが意外に大勢来る。ではなんで？　と思うと、日本人を見たことがないから来た、と言われる。本を読んでほしいとか、自分の書いたもので人を救いたいとかいう気持ちがギャフンとなる。でもその人たちをおろそかにするということは、絶対してはいけない。いつか読んでくれるかもしれないし、人と人の出会いだからだ。お金のためではない。分かち合いならどんな形でもいいのだ。

それが、違いとか広さとかいうものなのだと思う。

それを想像できる状態だけは、保っていないといつかとんでもないことになるか、狭い価値観の中で息苦しく生きることを受け入れる人生になる。後者ですめばいいが、あまりにずれてしまうと、そうはいかないこともある。

さて、とある地方の街角に、とあるすばらしいセンスの人が実家を改装してはじめたすばらしいカフェがあるとしましょう。

そのお店はほんとうにセンスが良く、なにもかも白く塗ったり、できあいのものがないままに工夫して品のよい使い込まれた雰囲気を作り出したり。照明も買ってきたものではなく、「〜風」というのではない少し骨董店的なおしゃれなカフェのインテリアたち……の先駆けといっても過言ではない。

そこにもまたその人の強烈な、そして現実の大工さん的な動きと判断と予算を伴った、はっきりした力を持ったヴィジョンがあったのだと思う。

トイレを白く塗って飾り付けを最小限にしているお店はごまんとあると思うけれど、その白さとタイルと照明と装飾の絶妙なバランスには何回行ってもほれぼれする。

オーナーである彼の頭の中だけにあった世界、幼い頃から観てきた映画や写真集の中の世界に近いものが、たったひとりのイメージの力でそうしてこの世に出現した。

そこからなにかが始まった。

それは芸術作品ができるのと同じ、クリエイティブな瞬間だ。

生きている芸術としてのそのカフェはどんどん人気を増し、その地方の一角にムーブメントを起こした。ある一定のセンスを持った人たちがそこに集まり、暮らし、店を出しはじめた。本店のカフェも広がっていった。たったひとりの人の頭の中の世界がなかったらこの世になかった街が、生まれたのだ。

つまりそこには「ある特定の色を持つライフスタイル」をしている人が好んで集まり、「低価格ではないがほんとうに良いもの」「商業主義には染まっていない、思想性があるもの」が集まってきていた。

例えていうならアーミッシュのようなもので、そのセンスに共鳴しない人にとっては地味すぎてどこが良いのかさっぱりわからないし、高価に思えるだろうものだ。

しかしそのセンスを信奉している人にとっては聖地であり、ひとつひとつのものが正しい目によって選び抜かれたもの。

問題はそのあたりが微妙に有名な観光地であることだった。物見遊山でやってきてセンスを理解していない人がたくさんいるのだろうということも想像がつく。その人たちは店のものを壊したり、撮影したり、騒いだりして、その一角に出現した静かなライフスタイルを破壊してしまったのだろう。

この世にはいろんなことがある。いろんな階層の人がいて、いろんな思想の人がいる。全て違う。同じ地上にいるからには、お互いをある程度尊重したり話し合ったりするしかない。身近な平和から世界の平和が始まるのだと思う。だからきっとよく相手を見て話し合うことがきっと、大切なのだ。思いやり合うことが。

いつかハワイで、ヴェジタリアンだけが行

ける静かなレストランに行ったことがある。ヨガのリトリートセンターが併設されていて、広い庭が美しかった。そこにはピースフルな笑顔をたたえた静かな人たちしかいなかった。

私と友だちと子どもはちょっとにぎやかすぎたと思う。いつもよりはかなり静かにしていたのだが、美しい庭やすばらしい料理に対する感想をつい口に出して、そのゆるやかで静かな波動を乱してしまったみたいだ。

レストランにいた人たちは優しい微笑みをたたえながら、ひとりまたひとりとそっとその場を離れていった。

彼らの目は全てを語っていた。あなたたちはいい人らしい。好感を持っている。来てくれて嬉しい。でも少しだけ違う。仲間ではなさそうだ。だからそっとあちらに行きますね。私たちの場所でゆっくりしていってください。

私は素直に「ああ、悪かったな。違うというだけで、たとえがやがやしていなくても、波動というか、私たちの存在自体がうるさくなってしまうんだな。来るべきではなかった、ごめんなさい」と思った。

彼らは嫌な顔もせず、あからさまにその場を立ち去るのではなく、静かでいることだけで私にそれをわからせたのだから、それもひとつの対話だと思う。

あのような人たちをそっと、害さないであげること、それもまた私にできることのひとつだと思う。行かないことで示せる思いやりもあるのだ。

くだんのそのカフェがある一角は少しだけ、そういう静かに排他的なニュアンスを持っている。日本だからもう一段堅苦しいけれど、働いている人はみな趣味も感じもよい。

大きな声で話さない、店内の写真を撮らない、走ったり乱暴な動きをしない。それは十分承知していた。

ある日カフェを訪ねると、人気があるのと休日だったので行列ができていた。私は知人にプレゼントする植物が買いたくて、カフェの近くのとある店に買い物に行くと告げ、おじいちゃんと夫と子どもが行列に並んだ。席が取れたら知らせるね、と彼らは言った。

私はカフェの近くのその店に入り、ＬＩＮＥが入ったのでｉＰｈｏｎｅを取り出した。

するとお店の人が言った。

「申し訳ありませんが、スマホは禁止となっております」

「わかりました、急ぎの連絡があるので、見たらすぐしまいますね！　通話はしませんので」

私は明るく言った。

すると彼はもう一段強く言った。

「お客様。スマホは、今見なくてもいいものだと思います」

私はその違和感をその場ではうまく表現できず、

「じゃあ店を出ます」

と言って、外でＬＩＮＥを見た。席が取れたから座っていると書いてあった。

そしてよくよく見ると店の入り口には5ミリくらいの字で「店内ではスマホを禁止しております」と書いた紙が貼ってあった。

私は店に戻った。すると、くだんの青年（すごくまじめそうで優しそうな人だった。

きっとライフスタイル全般をそのお店の思想に合わせているのだろうと思う）が、ずっと私を観察していた。その視線は私にはりついてくるみたいで、自分が犯罪者のような気がしてきた。買うはずだったものを買う気持ちもなくなってしまい、私は犯罪者の気持ちのまま店を出た。

その後ずっと、なにが私に違和感を抱かせたのかを考えた。彼はとても感じが良く、身ぎれいで、少しもいんぎんではなかった。だからこそだと思う。

怒られたから悔しいのではない。そしてあのヨガの場所のように「異物として紛れ込んでしまいごめんなさい」という素直な気持ちでもなかった。

私は私の「生き方について」説かれたのが、いやだったんだと思った。

スマホをいつ見るか？　それはよほど無礼だったり、音が出たり、店内を撮影してしまったりしないかぎり、静かに個人の裁量に任されていることだと思う。

「今見なくてもいいかどうか」を決めることができるのは私だけだ。それは私の人生にとって大切な一部だ。

お年寄りが私のために立って並んでいて、すぐに連絡をしてくれたら、すぐに返したい。それは私だけの勝手な事情だけれど、大切な事情だった。

それが正しいということではない。

ただ、人にはそれぞれ、その人たちが「スマホ」を排除したいのと同じくらい、大切にしているものがある。他人にとって取るに足らないことであっても、その人には大切なことというのはいつだってそこにある可能性がある。だからこそ対話をしたほうがいいのではないか？　と思う。

「オレは好きなときに自分の電話を見る権利があるんだよ！」とは決して言っていない。そんなお店に入ってしまって悪かったなあと素直に反省している。知ってしまったからには、もう二度と行かないと思う。くだんのヴェジタリアンレストランと同じで、自分の存在が人の気持ちを害する可能性があるところにはわざわざ行かなくていい。

スマホ禁止になる前のその店で私はいろいろなものを買った。大切にしている香水や、象が描いてあるカップや、お皿。またそんな出会いがあるかもというスケベ心を多少は持ちながらも、やっぱり行かないと思うんだ。

そして私は他でも、スマホ自体を禁止する店にはもう行かないと思う。たとえ自分が食事中はなるべくスマホを見ない主義だとしても。

人それぞれスマホは遊びで見ることもあるだろうし、ゲームをする人だっているだろう。でもそれが連絡をする機器であることには変わりない。だれかが死んだり生まれたり、そういう連絡が、だれにでも、いつでもありうるのだ。

実際私が母の死を知ったのは、姉から来たメールでだった。

風邪気味なのを治すために行ったエステサロンで、オイルマッサージが終わった後に、温かいお茶を飲みながら電源を入れて、姉からのメールで母の死を知った。

「ひえ〜、お母さん、マジで死んじまったよ。寝てると思ったら死んでた」

私はじっと画面を見て、一度立ち上がり、なんとなく店の外を見た。いつもどおりの表参道の街並み。行き交う人々。

そしてもうなにもかもが遅いのだなと思って、また座った。

さっきまでと店内が違って見えた。人々は平和にシャンプーやハンドクリームを選んでいた。受付の人たちは私に対して優しい笑顔をたたえていた。そのことがどんなに私をほっとさせたか。私の日常は続いている、しっかりしなくちゃ、と私はそこで思えたのだった。

後日くだんのスマホ禁止の店の前を通りかかり、もちろん寄らずに帰ろうとしたら、カフェに働く優しい中年女性に呼び止められた。

「先日は、若い者が失礼をいたしまして申し訳ありません。またいらしていただけて、ありがとうございます」

Ｔｗｉｔｔｅｒでかなりぼかして書いたのに、よくわかったなあ、あの青年にうんと悪かったなあと思いながら、私は普通に、

「いえいえ（いずれにしてもあのお店にはもう行かないし、だってスマホを好きなときに見たいから、自分が行かなければすむことだし）、わかってしまうと思わなかったです！こちらこそブーブー言ってしまってごめんなさい」

とだけ言って別れた。

そしてうちの子どもにまたも、

「ママって、ほ〜んと、クレーマーだよね！」

と言われた。

おばさんになるとだれもが「最近の若いものは」と言いたくなるものだしなあ、と思いながらも、私は私にとってより違和感のない世界を生きていこう、それが少数派になればなるほど、そういう世界を描いていこうと思った。

ちなみにこのケースは、センスが良くカリスマ性があるひとりの人物のヴィジョンが、ライフスタイルの提案として広まったのはよいことだが、広まっていくうちに不思議と目に見えない堅苦しい縛りが下の世代に生じてしまったケースだなあ、と思う。

そのことを責める気持ちはなく、ただそうなりがちなものなんだよなあ、と思った。

足りなかったものはヴィジョンではなくユーモアと寛容さで、もしそれがあればもっとのびのびしたスペースになるわけだし、ユーモアも寛容さも臨機応変さもないままかっちり行こうという思想性があれば、そのヨガセンターのヴェジタリアンレストランみたいに静かに排他性のある場所になるので、それもいいと思う。

どういう場所にしていきたいかは、その人たちしだいなのだ。

そういうところに、この世のありえないほどの大きな自由さを感じる。

私のこの行かない自由をも含めて、個人の頭の中にあるヴィジョンをこの世に出現させることのほとんど全てはその人の自由なのだと思うと、なんてすごいことだろうと、この世にあたりまえのように存在している奇跡を知る。こんなに大きくいろいろなことが実は許されているのにそれに気づかなかったり、力の源泉から遠く離れた親に育てられてしまい、殺人や虐待をこの世に出現させたい人がいるということが、不思議でならない。

　みんな、思ったようになる力を持っているし、実際かなりそのようになっている。

　何度も触れることだが、人の心の力のすごさを、私たちはほんとうにまだちょっとしかわかっていないのだと思う。


　この間行ったけっこう高級な寿司屋のカウンターに、ふたりの派手でしょうもないおじょうさんがいた。

　私と家族が「牡蠣アレルギーがあって」と板前さんに告げたら、「私もそうなんですう～」「おいしいのにあたっちゃうのが悔しくてえ！」

　とにこにこ話しかけてくれた。

　ふたりは寿司屋だというのに強い香水の香りをむんむんさせて、肌も出しまくり。

　寿司が来るたび写真を撮りまくり「かわいい、このフォアグラ超かわいい」「うに超おいしい～」を連発して、最終的に茶碗蒸しを頼み、

「私結局茶碗蒸しが超いちばん好き！」(寿司屋なのに！　きっとここで大将はずっこけたはず！　私はぷっと酒を吹いた)

「私も～」「あんが載ってる～」「うにも載ってて超かわいい～」と大騒ぎして、「この店超おいしいから、また来ます！」「ね～、また来ようね～、ごちそうさま！」と言い合って、帰っていった。

香水以外は問題を感じなくて、なんだか嫌いになれなかった。

この人それぞれ違いそうな、ほんとうに微妙な「センサー」こそが、とても大切な野性の勘なのではないだろうか？

自分の判断が常に正しい、とは決して思わない。そんなことかけらも思っていない。私にわかるのは、それが私にとってどうであるかということだけだ。それを世界に押しつける気持ちも全くない。ただ考えるきっかけになったらいいと思うだけだ。私にとってすっとなじむか違和感があるか。違和感があっても口に出せない雰囲気なのか、それとも出入り自由なのか。そんなようなことを考えることを大切に思う。そして自分のことは、自分にしかわかってあげられないことなのだ。

いろいろなことはいつか淘汰され、自然の法則が答えを出すはずだとはいつも思っている。

そして、どうしてだかわからないが、自然の法則は多分彼女たちを悪として裁かない、そんな気がする。

食は重要

いつか台湾で自分の食エッセイの本を見つけて喜んでいたら、帯に「宇宙一の食いしんぼう」と書いてあって（漢字だけど意味は伝わってきた）、子どもに大笑いされました。

◎今日のひとこと

そう、私は食いしん坊。外は台風で、電話がリロリロなって避難勧告が出ているというのに、竹花いち子さん（どくだみちゃんならぬお料理ちゃん！）のごはんを食べるためなら、タクシーを飛ばしてたとえ持ち出しになろうとも、撮影の見学に飛んでいく、そんな人間です！

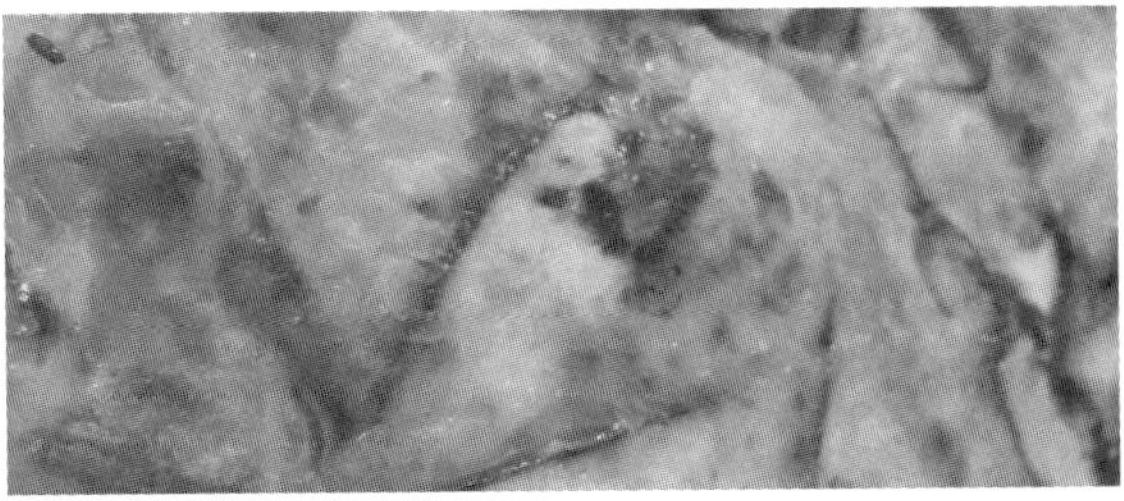

いち子さんのおやき。とろとろ、ふわふわ、チーズ、ナンプラーのハーモニー。春菊の茎が味の肝なんですって

私は確かに健康オタクでもありますが、限られたこの人生の時間、できるだけおいしいものが食べたい、それだけなのです。

ふだんは雑穀米か白米に野菜と梅干しを載せたものと具沢山のお味噌汁で大満足なのです。

ただ、野菜がぷちぷちして、梅干しもしょっぱくて生き生きしてないといやなんです。

一度過労で倒れてから食事に気をつけるようになってもう二十年くらい。

私の体は確かに変わってきたと思います。

昔は、なんでもかんでも食べられなくってやたら選ぶ人のことを「神経質だし弱っちい」と思っていました。でも世界の食をめぐる陰謀説など、真贋はともかくとして、ありえないことではない恐ろしい情報を得るにつけて「自分は家畜ではないのだから口に入れるものは選ぼう」としみじみ思うようになりました。

お金が足りない分は自分の料理労働で補って　笑、シンプルに食べるのが基本です。

そういう基本の毎日の食べものに対して「またこの味噌汁か」と思うときには、まだお腹が空いていないときだから食べなくていいのです。ほんとうに空腹なときこそ、おいしいものがおいしいとわかる。センサーが敏感になっているから、より味がわかるのです。

ちなみにマクロビやヴェジタリアン（私はかなり近い状態にありますが、そうではありません）のお店の半分くらいは残念ながら「マクロバイオティックの考え方で作っていたり、ヴェジタリアン向けである」というだけで、正しい調理をしていないことが多いと思います。揚げすぎたり、煮すぎたり、味が濃すぎたり。

　ほんとうにおいしい玄米や野菜料理は、肉をほとんど食べなくても生きていけるほど、ものすごくおいしいのですから！

　たまにやむなく少しだけ、添加物てんこ盛りのものを口にすることもあります。別に具合が悪くなったりはしない、おいしくないと思うだけで。

　梅干しでもサンドイッチでも汁物でも、そういうものはいろいろな食材が入っているはずなのに均一な味がします。均一に甘くて、全体的にべたっとしていて、舌に残る。そして体が急激に冷えるのです。

　それがわかる自分を神経質だとは思いません。いいセンサー持ってるじゃん！　と思います。

　そういうものを毎日食べていたら、体や感情に負担がかからないはずがない、そう思うと恐ろしくなります。

　このセンサーは私が育ててきた、私の宝物。死ぬまで大切にしてあげたい。

　数年でも意識的に添加物を抜いてみてください。味覚が鋭くなってきます。

　そしてもう元には戻れなくなります。それは生き物として正しい状態です。

　食べ物を大切にするということは、そういう食べ物をこの世から減らしていく、意識的にお金を使う先を考えるということだと思います。

もちろん私もたまにすごい勢いでカラムーチョとかポテトチップスとか食べるんですけれどね！

ものごとはそう単純ではありません。

先日若者しかいない「野菜が売り」のレストランでランチをしたら、せいろ蒸しの中のブロッコリーは黄色く腐っていて、古くてかぴかぴのキャベツの芯のあたりを無理に蒸したものからは数匹のウジが出てきていっしょに蒸されていました。

確かに添加物は使ってないし、野菜だけどよう！

これに気づかないで看板にだまされて体にいいと思って食べているなんて、あまりにもかわいそうだと思いました。

「あなたは忙しすぎて、ほとんど寝てないわね。寝不足で血糖値も高い。なんで倒れないのかしら……ああ、ごはんを自分で作ってるんだ！」

仕事で会った霊能者シリーズ、銀座の有名な先生が私を観てすぐにそうおっしゃったことを、すごく誇りに思っています。

もう倒れる！　というくらい空腹のときに、新鮮な野菜を蒸したものをむしゃむしゃ食べる幸せが好きです。

おいしいものを食べてもらいたい！　という気持ちでやっているお店で、生き生きと調理している人を見るのが大好きです。

宇宙一の食いしん坊の旅は、まだまだ続く……！

◎どくだみちゃん

海からの景色

海の中から浜を見ると、天国から地上を見ている人たちがいかに世界を愛しているかがわかる気がする。

目にしみる山の緑も、水のぬるいなめらかさも、静かに吹いている風も照りつける陽ざしもみんな、全てが体で感じるもの。
だからこそ、今ここに自分の体があることのすごさを思い知る。

山の緑が空の青を背景にしているのを見ていると、周りにどんなにたくさんの音がしていてもなぜか自分の耳の周りだけ無音になる。
とんびの声、子どもたちの声、浜に流れる放送。全てが遠い地上のことに思えてくる。

その無音の中には世界の秩序が入っている。政治でも経済でもない。私たちを生かしている力、やがて私たちを迎えに来る力。
全部その巨大な無音の中に入っている。
綿菓子を味わうように、私たちは毎日それを味わう権利がある。

そして港に船が着くとき、美しい音で汽笛がなり、海の中にいるみなが港のほうを見る。

大好きな人が船でやってきた、もうすぐ港からぐるっと浜を伝って目の前の浜辺にやってくる。海に浮かびながらそれをわくわくと待っている。

地上にいる喜び、私のいちばん好きな瞬間だ。

◎ふしばな
いち子さん

昔うちの近所に、ユーラシア料理のようなメキシコ料理のような、でもアジアのような、不思議なメニューのごはんを出す「タケハーナ」というすてきなお店があった。

全てのお料理に絶妙なバランスで様々なスパイスが使ってあり、ほんのり和風の雰囲気もあり、お酒もおいしく、なによりもいち子さんの動きがすばらしかった。すうっと、流れるように動くのだ。私はよく彼女の動きをじっと見ていた。いっときも止まらないというのに、忙しくていらいらすることもなく、かといって休みたいと内心思っているのでもない。頭の中にあるお皿のイメージのある一点に向かって集中していく姿は神々しかった。

お店の内装もとても不思議で、やっぱりヨーロッパのような、南米のような、アジアのような。どこにいるのか、いつなのかがわからなくなるような空間の中で、みんなひととき日常を忘れることができた。

若い頃、彼女の書く詞をたくさん読んでいた。そらで歌えるものもあるくらいだった。彼女の詞にこもっていた暗く儚《はかな》い美しさは、彼女の作る料理にも全く同じように宿っていた。

やがて彼女はさすらいの料理人になり、ご

自宅でレストランをして人をもてなしたり、雑誌で料理のラブレターとして好きな人に捧げるメニューを作ったり、呼ばれてそこのおうちで腕をふるったりするようになった。

彼女の腕前はお店をやっていたときと変わらない。むしろどんどん冴えていく。カンバスに向かう画家のように、彼女はキッチンに立つ。全く肩に力が入っていないフライパンさばき。見極める目。料理に対するひらめき。

「お金だけが報酬じゃないって、わからないってことはかわいそうなことだよね」

いち子さんは言った。

その考えは彼女の作るお料理の味にみんな出ている。料理って、いつだって消えていくものだ。写真に撮っても味は残らない。でも彼女にしかできない味つけを、私たちは共通の確信を持って目の前にあるように思い描くことができる。

「瀬戸内の島に住むご夫婦に呼ばれて数日ごはんを作りに行き、見知らぬ台所のくせをつかみ、毎日その土地の食材を料理してみんなに喜ばれて、最後の夜に、うんと疲れているけれどとても幸せな気持ちで外に出たら、大きな満月が出て海を照らしていた」と彼女は微笑んだ。

それこそが宇宙が彼女にくれた報酬なんだと、そこにいただれもが心からうなずいた。あんなに気持ちよくうなずける機会はなかなかないと思う。

いち子さんと浜松で

お年寄りは生き神様

◎今日のひとこと

山形にこけし取材に行ったとき、鶴岡にあるこけし工房の九十歳の工人、五十嵐さんのおうちでろくろを触らせてもらいました。

「伝統の修業は厳しいものだけれど、その前の段階ならいくらでも触っていいし、こけしを好きになってもらえて、いい人たちに会えてほんとうに嬉しい」とおじいちゃんはずっと言い続けていました。

普通こけし工人は自分の道具を人に触らせないものなので、その五十嵐さんというおじいちゃんはほんとうに珍しい人なんだと思い

津軽系のこけし工人、五十嵐嘉行さん[*22]のすばらしいお顔のこけしたち！

ました。

お弟子さんが目の前で昼寝を始めても「枕はいらないの？」と言うその気さくさと優しさにうたれました。

肩を揉むと全く力の入っていないしなやかな筋肉。

そしてろくろの前に立つと、さっと姿勢が変わってほんとうの集中状態に入る。すばやい動き、力みなくむだのない体。

時間が育んだその偉大さをただ尊敬するしかできません。

私のこけし先生もこけし女先生も、みんな短期間でほんとうの意味で彼に学び、どんどん技術と人間力を上げていっていました。

近所のおばさんやスナックのママもいつも彼の家に立ち寄り、ちょっとお世話して、お手伝いして、おしゃべりして、なにも特別なことはない。でもその方たちの行動の全てがさりげなくて偉大なのです。

異様においしいおかずをさっと作ったり、座布団をあげようとすると「座布団なんてしいたら子宝に恵まれちゃって困るから」と言って固辞したり、髪の毛をつやつやにさせるにはどうしたらいいの？　と聞いて、私たちが伝えたことを「コンデショナー」とちょっとなまってメモったり。いつもどこかかわいらしいし！

そのおばあちゃんたちが「ノーシンはいいなあ」「ノーシンは私の体には最高に合うから」と言ってノーシンをぐいぐい飲んでいるのを見て、また雪印のチーズを切ったものにアジシオを思いきりかけているのを見て「ううむ、昭和」と納得してしまった私であります。

うちの父がずっと「有名な人よりも、市井の人の中にこそほんとうに偉大な人がいる」と言っていたのは、父が米沢の高校に通っていたことと無縁ではないと確信しました。

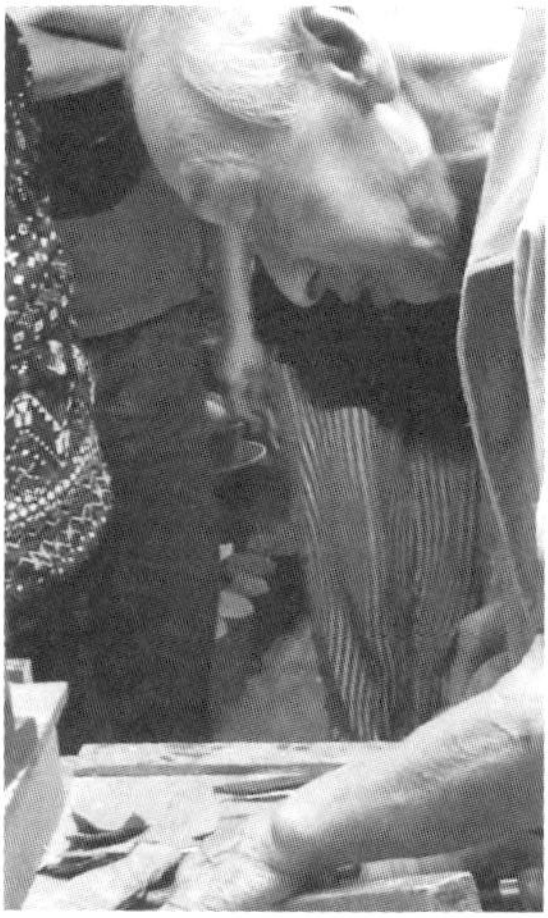
五十嵐さん

◎どくだみちゃん
鶴岡のどくだみちゃんたち

これはほんとうにどくだみちゃんのお話。

こけし師匠のおじいちゃんはやかんに一日一回、どくだみを山盛り入れて煎じている。

沸騰したらやかんをそのまま置いて、気が向いたらただ飲む。


おじいちゃんはほとんど風邪をひかないそうだ。

最後にひいたのは六十のときだそうだ。

私とは風邪の単位が違う気がする……。

毎日こつこつと昼から日本酒を飲んでいるし、夜はひんぱんにスナックに行ったりするのに、二日酔いにもめったにならない。

骨も丈夫だし、ボケてもいない。

それはこのお茶と「黒胡麻と昆布と煮干しとエビをひいた粉をいろんなものにかけている」おかげだと言っていた。

「このお茶にはどくだみとヒルガオがいっしょに入っていて毒を出すし、男は硬くなり、女の不感症は一発で治る」と何回も言っていたのがほのかにエロ風味。

でもおじいちゃんはどんな色っぽいことを言っていても、気高くしんしん光っていてちっともエロくないのだった。


おじいちゃんは飲み屋に行ったら、まず一万円を出して、お会計をしないで帰る。

それにつけこんでもっとお金を取ろうとした飲み屋の人がいると聞いて、ほんとうに悲しくなった。


いや、そういうことは天が見ている。

必ず見ているのだ。

それが人の潜在意識というものの仕組みであるかぎり、因果は巡ってくる。


おじいちゃんの肩を揉んだら、すごく柔らかくて全く凝っていなかった。

内臓の全てから声がしてきた。

「いいんだよ、それよりこんな親切をしてくれるあなたにもっと力をあげよう」

そしてじわじわっと力が伝わってきた。私は元気になった。

そうやっていつも人に少し多くあげて生きてきたから、あんな真っ白いまっさらの笑顔ができるんだな。

人生はどんな人にとっても苦しくつらい面が多いものだ。

おじいちゃんの奥さんは体を壊してもういっしょに暮らせない。

お金を少しでも取ろうとしてだます人もいる。

速くこけしを作れと急かす人もいるだろう。周りの人にもう少しだけこうしてほしいというのだって、きっといつもあるのだろう。でもそういうことをみんなたまにおしゃべりして発散してはまたのみこんで、お仏壇にお経をあげて、信仰のうちに生きる良い苦しみのほうを選ぶ。そんな偉大な人がまだ私たちの国にはいる。

お酒を飲んで気持ちよく歌って、よく寝て、明日も生きていこう。

そしてどくだみ茶を(ヒルガオを入れて!)、猫舌がびっくりしないようによくさましてから飲もう。

注文が来たこけしも無理しないでこつこつ作ろう。

それが人生だ。


出羽三山のふもと、美しい緑と山のなだらかな風景の中にある鶴岡。田んぼの緑と山の緑とおいしい空気と爽やかな風が、ただ道に立つだけでいっぺんに感覚の全てから入ってきて、うわあ、なんとも気持ちがいいなあと口に出して言ってしまうようなところ。

きっとこの気持ちのよさを、同じ山形に住んでいた若き日の父も全身で感じたのだろうと思う。

鶴岡が生んだ明治時代最高の霊能力者、歳をとらず、ほとんどものを食べなかったという長南年恵さんを祀ったお堂があった。

見に行くと若々しい年恵さんの写真が飾ってありどくだみがお堂の下からひょっこり顔を出すみたいに生えていた。

ここにもいたねと私は思い、数奇な生涯を送ったその女性に手を合わせた。この奇妙な気を持つ豊かで美しい土地になら、そのような人が自然に生まれてきても不思議ではないなと思いながら。

そんな偉大な人生たちを支える縁の下の力もちのどくだみちゃんたちと、この土地でもまた目が合ったようで、私は双方に対して素直に頭がさがる思いだった。

鶴岡にはとてもいいお顔の黒マリアさまの教会もありました

緑深い森

◎ふしばな
色がほしい

この話題が多くて恐縮なのだが、私にとっては大問題なので何回でも書いてしまう。

ちなみにＡｍａｚｏｎにはお世話になりっぱなしなので、全く憎んではいません。むしろその権力に素直にすり寄っていきたい気持ちです！

たとえその読み放題が実質「常に10冊だけなら読み放題」であっても！

書籍とはなんぞや。

それは、人の頭の中身を文章にして、他の人と分かち合うためのツールである。

いちばん重要なのは中身だというのは当然だ。

しかし、太古の昔からなぜ書籍はいきなり文章から始まらないのかには、やっぱり理由があると思う。

中に書いてある呪術的な力を、綴じて表紙を作ることで閉じ込める、現実の世界と一線を引くための魔法陣を作る、それはとても大切なことなのだと思う。

この世には危険な書物はたくさんあるのだから。

それらは綴じられて表紙がつくことによって、安全になる。

人は本能的に、書籍とは本質的に危険なものだということを知っているのだろう。

「紙か電子か」という議論は全く意味がないと私は思っている。

そのうち、電子の割合がどんどん多くなり、同時発売は当然となり、特別好きな本だけ紙で買って保存する、というのが当然になってくるだろうと思うからだ。むしろヤバくなってくるのは文庫の存在なんじゃないかな、と。

さてここで、私にとっていちばん恐ろしい問題、概念からして全く理解ができない問題は「Ｆｉｒｅじゃないｋｉｎｄｌｅはモノクロだ」ということだ。

どんなに読みやすかろうが、電子インクでフォントがきれいだろうが、持ちやすかろうが、バッテリーが保《も》とうが、シェアできようが、電子ふせんをはさめようが、線がひけようが、そんなのどうでもいい（いやいや、どうでもよくはないけどさ）！

「なんで表紙がカラーじゃないんだ？　それだけはダメだ」

と私は思うのである。

イラストの人たちは夜も寝ないできれいな色をその本のためだけに考え、デザイナーさんはそれを活かして本の中身を彩るデザインを考え、編集さんたちは何回も色校を確認してやっとその本は「人の頭の中」から「他の人の家」に行くことができる。その魔術的な過程は最も重要な過程なのだ。

それなのに、永遠にモノクロだなんて、あんまりだ。ありえない。

職人さんはいい仕事してるから、なくならないでほしい！　系の人情論ではもちろんない。

それは今からテレビを白黒に戻すよ〜、だからマツコをモノクロで観てね！　グルメレポートもみんなモノクロだよ！

というのとほとんど変わらないことだと思う。

　こういうことを書くと「やがて改善される」「すでにそれは論議されている」という話をしてくれる人がいつだっているんだけれど、それで私もいろんな意見があることには全然異存はないんだけれど、問題は「今」であって、表紙や写真がカラーであることが大前提になっていない機器があるということが、本というものの意味を覆してしまう危機だ（ダジャレ？）と思っている。

ナニワ金融道をスピリチュアルに読み解く

◎今日のひとこと

昔このまんが「ナニワ金融道」[*23]をリアルタイムで読んだときは（まだオレオレ詐欺がなく、ダイヤルＱ２の詐欺が最盛期だった頃）、全く理解できなかったのです。

自己破産すればいいのに、なんでこの人たちはあえてさせないんだろう？　とかね。

保証人と連帯保証人の違いとか。

金券ショップにチケットはなんであるのか？　とか。

違う世界の話だよね、まじめに生きて借金さえしなければ接しない世界だ。私には一生関係ない、そう思っていましたとも。

田園調布「茶春」の箸置き

しかし何回かお金を騙し取られ、土地を売買し、資料として必要だったので株を買い、ローンを組み、いろいろな人の話を取材しているうち、いつの間にかこのマンガの内容がかなり理解できるようになっていた、そのことにいちばんびっくりしました。いつのまに学んでいた、私よ！

そこをぶじにくぐりぬけてきた自分の幸運もよくわかりました。

そして「ナニワ金融道」の表紙がカラーで一気に並ぶと私のｉＰａｄのＫｉｎｄｌｅの画面がなんだか急に不穏な感じに……（あんなにカラーでなくちゃダメと言っていた私なのに！　むしろカラーでないほうがいいとさえ……）。

そして私はいつしか「これはこの世の底辺の話だ」とは思わなくなっている自分に気づきました。

というのも、レベル（これは収入のレベルではなく、スウェーデンボルグ的なレベル）が違うだけで、違う表現をすれば世界が違うだけで、自分の属する出版界には出版界の、スピリチュアル界にはスピリチュアル界のヤミ金融があり、詐欺があり、山師がいて、騙される人たちもいて……ちょっと形態や言語が違うだけで、それから受けるダメージの種類が違うだけで、ある意味全く同じ構図になっているのであります。

だから心構えは常に同じであるべきだし、楽して儲けよう、今借りて来月返そうなどなどということの中にある罠から巧妙に逃げていかないと、別のレベルで（夜逃げをしたり、身内にソープで働いてもらったりというのではないが、その世界では全く同じことに価することと）同じことになることだとか。

　そしていちばん大切な学びは、たとえそういうたいへんなことにうっかりなってしまっても、心の中で顔をしっかりあげて気高く生き抜いてきて、最後には成功した男女というものは存在していて（そういうすごい人を何人も見てきました。彼らはもはや完全にスピリチュアルな存在です）、彼らがこの世で最強だということです（でも最強のひとり、朱美さんは入れ墨入れすぎだと思う。愛を証明するためならもう少し小さくてもよかったんじゃ……灰原さんと満月を見に行って、満月は丸くて心に刺さらないのがいいって言ってたのには泣きました！）。

　それから、喉から手が出るほど私に借金を申し込みたくても、申し込まなかった人たちがいる、そのこともすごく大切なこと（私は借金がある状態だから絶対に人にお金を貸さないのです。ローンと言えども今の世の中ではマチ金から借りたのと大して変わらないものだから。いちいちそれを告げなくてもがんばって私との関係を大切にして、借りようとしなかった人たち）。

　そう私は単なる甘ちゃんの女小説家、そのことも決して忘れてはいけないのです。

　その気持ちを傲慢さによって、それから自分は安全圏にいるような気になって失ったとき、私もきっとなにかを売り渡してしまうのでしょう。

◎どくだみちゃん

トウキョウ金融道

毎日いっしょに車に乗っていた、どんなことがあっても負けない、ヤンキーなどをはるかに超えた、ほんもののやんちゃくんだったバイトの彼。

私たちは、ドキドキしながら助け合い、最終的にはいっしょにタトゥーまで入れにいった（デキてはいなかったけど）。

なぜだろう、彼の運転する車に乗っているとき、すごく安心だった。

だれとけんかになっても絶対勝ってくれることがわかっていたからだろう。

女ってちょっとそういうところがあるよ。

俺の彼女ってちょっと病んでて、すぐ浮気してすぐ別れようってなるんですよ。でも、レイプされたんですよ、バイト先の最寄り駅のトイレで。悔しくて悔しくて。だから俺がいないとなって思うんです。

それを聞いて、なんて言っていいかわからなくなった。

なるべく長くつきあいなよ、としか言えなかった。

そのとき私の抱えていた急な結婚のたいへんさよりも、ずっと重い関係のふたりだった。見た目は高校生みたいなかわいいカップルだったのに。

彼が就職するのでバイトを辞める最後の日。

彼を待っている運命の重み、男が男になる重みを助手席にいてもずっしり憂鬱に感じた。

明日からは戦場だ、そのくらいに。

それでも彼は行かなくてはいけない、そのこともすごくわかった。

彼はヤミ金融の取り立て新人に就職したのだった。

すぐ遅刻して丸坊主にさせられていたが。

うちの前はキャバクラのボーイ(殺人事件があって店が営業停止になったそう)、知人のバーでバイト、酒屋さんの配送などなど、激しめの仕事が多かった彼の青春時代。

なんでうちなんかでバイトしてくれたかさえわからない。

そのあとは、接点がないからわざわざ会ったりはしなかったけれど、あるとき、私の車の窓をいきなりやんちゃな男が叩いてきたからびっくりして身構えたら、彼だったということがある。

ニコニコして、やばいスーツを着て、少し大人の顔になっていた。

挨拶して、握手して、信号が変わって、彼があわてて戻っていった後ろの車は窓が黒い大型ベンツで、運転している先輩っていう人は、絶対町で会ったら目をそらしたいような見た目だった。

それからずいぶん時間が経って、たまに彼から仕事の内容ではなく、奥さんとかわいい子どもたちの写真が送られてくる。

こんなにただ笑顔になれるようなことはなかなかないくらい、嬉しい気持ちになる。

きっと、すごくすごくかわいがっているんだろうな。

取り立てでいちばんキツイのは、子どもが

電話に出るときです、って言っていたもんな。

　ねえ、ほんとうに悔しくてしかたなくても相手のほうが力が強くて絶対かなわない場合どうする？

　友だちが芸能プロの人たちに犯されそうになったとき、悔しくて彼にメールしたことがある。

　どうしようもない場合、僕ならあきらめます。切り替えます。

　その短い返事に、彼が眠れずに過ごしたであろうたくさんの夜がこもっていた。

　そのへんの人に相談してぺらぺらした長い返事をもらうよりもずっと重みがあった。

　私はあきらめ、切り替えて、ただその人たちと縁を切った。


　一度だけ仕事でいっしょにいったタヒチで、彼はいっしょに旅をした年上の男の人たちにその爽やかな後輩ぶりですごく好かれた。

はじめはこわがられていたのに、しまいにはみんな争うように彼と話したがった。男たちが彼を囲むワイワイさわぎがうるさくてしかたなかったくらい。

　あんなに不安でいっぱいだった旅なのに、彼は最後には王様みたいに堂々と仲間を作っていた。

　タヒチの異様に青い空の下で無邪気に笑っていた顔を今も大切に思っている。

たいへんなことの多そうな彼の人生に、あの旅が加わってよかった。

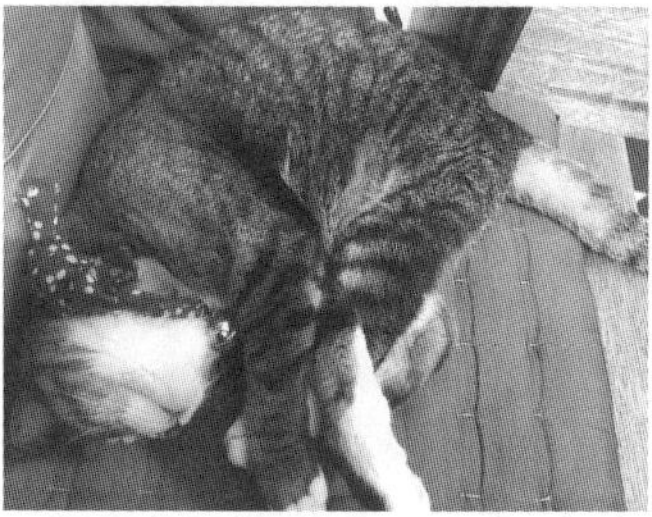

下北沢「ティッチャイ」のエムちゃん、爆睡！ の癒し写真

◎ふしばな

達人

管啓次郎先生をすごく尊敬しているのだが、それはその旅人率とかすばらしい文章とか知性だけに感じいっているのではない。

管先生はとても不思議な人で、私が人生に迷っているときふと登場して、大切なこと、一生忘れないことをふっと言って、また去っていくのだ。

初めて彼の本[*24]に出会ったのは入院中の病院でだった。

その辺にあった本をひっつかんでボストンバッグに入れて入院したので、全くなにも考えていなかった。でも、運命的な出会いだったと思う。

それが窓の外の景色しか見えない、自由に外出できない、洋服ではなくパジャマを着て暮らしている病室という場所だったことも大きかった。

彼の本の中からは、いや、彼の本からだけ、夜と、風と、自由の匂いがした。

ああ、そうだ、知らない街で窓を開けたとき、空気の匂いが新鮮に思えるあの気持ち。心細いようなすっきりするようなあの感覚。そういうことをずいぶん忘れていた。ボロ雑巾みたいに疲れ果てて、旅先にいても休みたいとばかり思っていたけれど、もう一度外に出て、遊びに行きたい。そういう新鮮なものに健康な体で触れたいと私は切に願った。

あの本の持つ魔力が私の心に入りこみ、根を張り、いつしか私を立ち直らせてくれた。

おととしのこと、私が引越し明けでよれよれで下準備もせず（管先生の本さえもダンボールの中に入っていてまだ発見できなかった）、トークショーに行ったとき、管先生は言った。

「みんな、夜はインターネットとかしないでさ、ゆっくり寝ればいいよ。七時間でも八時間でも思う存分休めばいいじゃない」

その言葉や声のトーンの中には、睡眠の最適な時間とか、健康にいい睡眠の質とか、時差ぼけを早く治すにはとか、そういうよく耳にすることをみんな吹っ飛ばした、私の求めていた何かが入っていた。

私は眠りに堂々と重点を置くようになり、引越し疲れからもすばやく回復した。

もうひとつ、彼が言ったことですごいなあと思ったことがある。

海外で危ない目にあったことはありますか？　という質問に、

「決定的に危ない目にあったことはないが、これはまずい、という時間と場所にいてしまったことはある。ああいうときって、自分の側の問題なのか、磁場なのか、ふっと魔がさすんだよね、引き寄せられていくみたいに」

という答えが返ってきた。

ああ！　そう、それだ、と私は思った。

海外で、今ここに行かなくてもいいのに、なぜかひとりで買い物に行ってしまうとき、ちょっと気を緩めたら危険な通りにいてしまうとき、落ち着いて考えたらそんな状況になるはずがないのに、なってしまう。あの感じはそれだったのだ、だったら、そうならないようにまず自分を保つことに注意を向ければいいのだ。

それからは、闇雲にこわがったり強気になりすぎたりしなくてすむようになった。

そんな大きなことをしてくれているのに、彼にはきっとそんな意識はない。私はまだまだ力んでいる。この人にこの言葉を届ければ力になるだろう、なんて思い上がって話したりすることがある気がする。

その力みは新たなカルマを生んでしまうだけだ。

あんなふうに、いるだけで必要なところに必要な言葉が届くようになるのが、達人というものなのだ。

幽霊がいようといまいと（人生のピンチを救う魔法の言葉たち）

◎今日のひとこと

この言葉は全てのことに置き換えられる魔法の言葉だと思います。

恋人がいようといまいと。

お金があろうとなかろうと。

お腹が減っていようと減っていまいと。

……自分はどうしたいか、どうありたいか。

それさえはっきりしていれば、たいていのことは現実的な対処で乗り越えられます。そしてもし失敗したら、そこからまた上記の問いを発することでやり直すことができるので

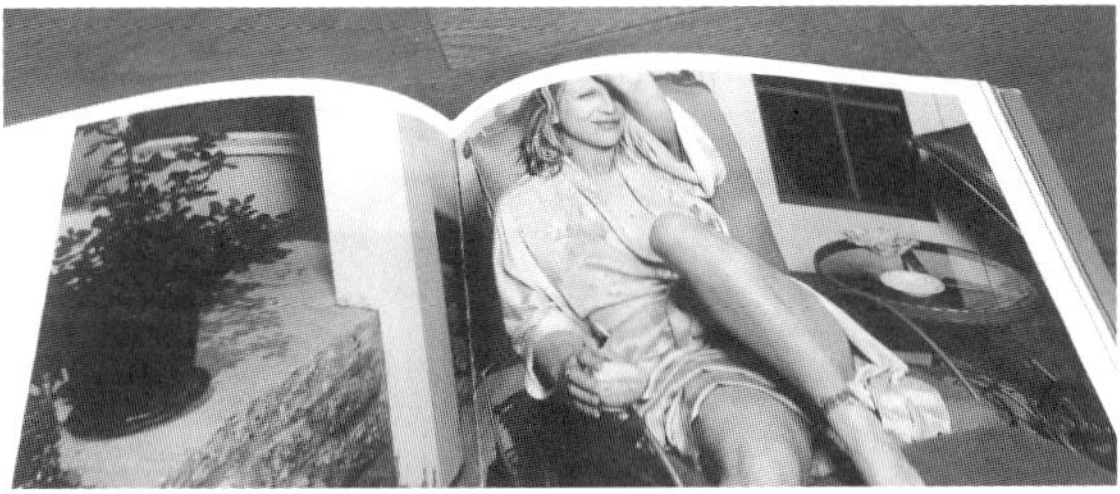

アニーが撮ったいちばん好きなコートニーの写真を私が撮ったもの、だから著作権には触れないさー、なんくるないさー。今回のトップ写真はこれしかないと思いましたから許して！

す。

幽霊がいようといまいと、自分は安らかに眠ってみせる。

そう思えば、そうとう怖い旅先の宿でもなんとかなります。

この世に幽霊というものが存在しようとしまいと、怖いものは怖い。

人の心の弱さや暗闇や死者を恐れる本能がそう錯覚させているのかもしれないし、実際この世をさまよう邪悪な死者はいるのかもしれない。

いずれにしても自分が今、どうしたいか。どう生きたいか。

そういうことなんだと思います。

この間「ほぼ日の怪談2016」をうっかり夜中に一気読みしてしまい、全身怖い気持ちでびくびく震えながら真っ暗な階下に降りていったら、午前二時なのになぜか息子が起きていたので、声を発することができました。

「起きててくれてよかった、ママ、今ほぼ日の怪談を一気読みしちゃってさあ」

「ママ、なんでそんなことするの！ そしてそれを今言うの！ こわいじゃない」

そのなんでもないやりとりをしたら、まるで金縛りが解けたときみたいに、身にまとっていた怖さがふっとなくなったのです。

生きている愛する人と、ちょっと会話する。笑顔を交わす。

それだけでこの世のいろいろな魔は消えていくのかもしれません。

◎どくだみちゃん

コートニー

カートは歴史に残っているけれど、コートニーはなんとなくあだ花っぽい存在になってしまった。ビートルズにとってのヨーコほどには語られていない。

でも確かに彼女にはなにかがある、そう思っている。

私は彼女が目の前で生着替えをしているところに、たまたまいあわせてしまい、生乳を見てしまった！

そのせいではないけれど、なんだか今も心に残っている人だ。

いつか彼女のインタビューを読んだ。

どんなことがあっても自分を力づけるマントラのような言葉があると彼女は言っていた。

Inside of me is a safe.

文法的にはどうかわからないけれど、韻がすばらしい。

私もほんとうに苦しいときたまにこの言葉を唱えてみる。

救われる言葉であると同時に、彼女の深い傷がわかる。

アニー・リーボヴィッツが撮ったコートニーの写真がいちばん好きだ。

見るだけでなんだか哀しくなる。

そして優しい雨みたいな、切なく甘い気持ちになる。

すごく傷ついて、それが癒えたあとに、ちょっと日向ぼっこしているような、そんな気持ちに。

まだ傷はうずくけれど、今は平和で、これから少し気持ちが楽になっていくのが楽しみだなあ、そんな気持ち。

◎ふしばな

○○山の怪

オチがわからないので読んだ人をもやもやさせるだけの内容だけれど、きっとこの世はこういうことでいっぱいで、紙一重のところで何かに出会わないで済んだりしているのかもしれない。何にも出会わなければ、記憶からただ消え去ってしまうから、何もなかったのと同じなのだ。

友だちのひとりぐらしの家が○○山にあり、たまに遊びに行った。

引越しも手伝ったし、ごはんに呼ばれたりもした。近所でごはんを食べていたら大雪になって、電車もタクシーもなくなって泊めてもらったりもした。

友だちの友だちも近所に住んでいて、彼ともばったり会えたらいいなみたいな楽しい気分だった。

あるとき、友だちの友だちが引越しをして街を出ていってしまった。

ばったり会うことはなかったなあ、とだけ思った。

でもその子にはなんというか、いつも運とか勘みたいなものがあるのだ。

ちょっとだけ変な予感がしたのを覚えている。

その頃、私の友だちの住むマンションに、張り紙がされるようになった。

　夜中に犬がうるさい部屋があり、苦情が来ているから気をつけてください、みたいな感じの内容だった。

　少なくとも私は犬の声を聞いたことはないし、見かけたことはなかったので、ふうん、と思っただけだった。実際どうであったかも、私のおびえとそれが関係あるのかどうかもわからない。

　ただ、ちょうどそのあたりから急にそのマンションの何かが変わった。気配、空気、そんなようなものが。

　〇〇山自体はとてもいい街だと思う。

　庶民的だし学生が多く、物価も安いしおいしいお店もあるし、いいパン屋さんもたくさんある。

　その友だちの家にたまにしかいかないのに、その張り紙が張りだされたあたりのあるときから、猫が背中の毛を逆立てるように、エレベーターに乗るたびにぞうっとするようになった。

　友だちの部屋を出るときはダッシュで廊下を走り、エレベーターの中でトイレに行きたい人みたいにあせりのじだんだを踏んで、エレベーターから外まではこれまたダッシュで転げ出るような感じになった。そこまでの反応を自分がするなんて、きもだめしでもお化け屋敷でもなかったことだ。

　自分でも全くわけがわからなかったし、自分の頭がおかしいのではないかと思った。一歩そのマンションの外に出てしまえばケロリとなんでもなくなって、なにをあんなに怖がってたんだろう？　と駅までの道で首をかしげた。

幽霊系の怖さではない。人間系の怖さだということまではなんとなく感じでわかっていた。

調べてみても大島てる（有名な事故物件サイト）にも載っていないし、事件がニュースになったこともないマンションだった。

でも私は怖くてしかたなかった。入るのもいやだし、そんなふうに出るときはもっと怖かった。

それから外のゴミ捨て場を経由してその友だちとごはんを食べに行くときなんて、ゴミ捨て場のドアの前に立つと、頭の中に勝手に恐ろしい映像が次々出てくる。そんな事件は起きていないのに、そして最初友だちが引っ越してきたときはなんでもなくダンボールを捨てるのを手伝ったりしたのに、その頃になったらそこでも鳥肌がたち毛が逆立った。

次第にそこから足が遠のき、あまり遊びに行けなくなった。友だちとは外でごはんを食べて、心配だからマンションの前までタクシーで送ったりしたけれど、上がるのは怖くてできなくなった。

私は人の人生にめったなことでは介入しないのだけれど「引越しなよ」と勧めるようにもなった。

友だちは私の勘を信じてくれる人だったのでしばらくしたら引越しをして、私はもう二度とあのマンションに遊びに行かなくていいようになった。

いつか謎が解けるのか、一生わからないの

か。

　いずれにしてもなにも起きませんように、と最後にそのあたりに行ったときにいっしょうけんめい祈ってきた。

　あの祈りが通じていますように、私がちょっとおかしかったのであって、全て気のせいでありますように、と今も思っているけれど、いつか真相がわかるのがまだ怖くてしかたない。

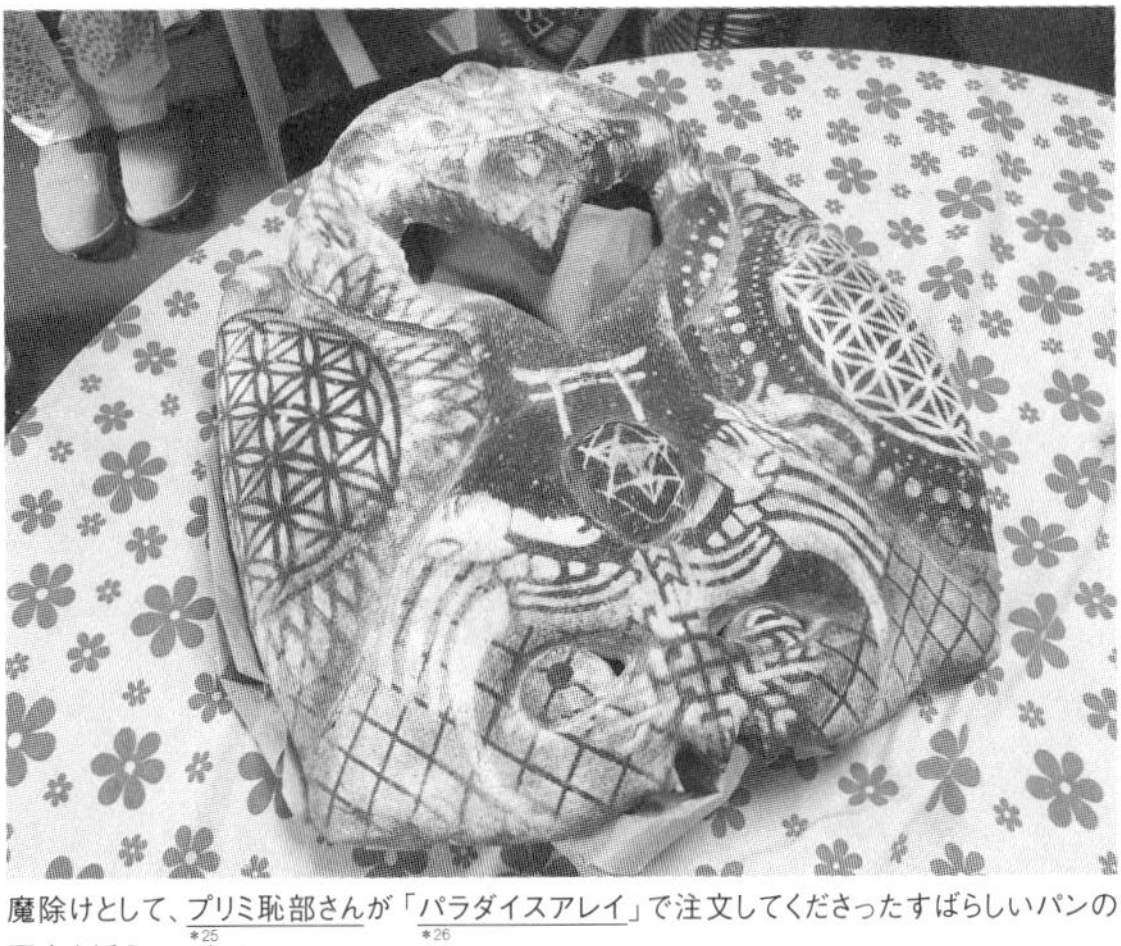

魔除けとして、プリミ恥部さん[*25]が「パラダイスアレイ[*26]」で注文してくださったすばらしいパンの写真を添えてみたり

アイデンティティ・クライシス（とその乗り切り方）

◎今日のひとこと

朝起きてベッドから出るとき、いっしょに寝ていたおばあちゃんフレンチブルドッグがいっしょにベッドを降りようとします。

若いときはぴょんと降りられたけれど、今はやっとこさ。

だからなるべくゆっくり待って、いっしょに一段ずつ階段を降りるのが今の幸せ。

たまに私があわてて起きる（宅配便の人がピンポンしてたり）と、彼女は必死で急いでベッドを飛び降りようとします。これまでずっとこうだったんだね、と切なくなります。

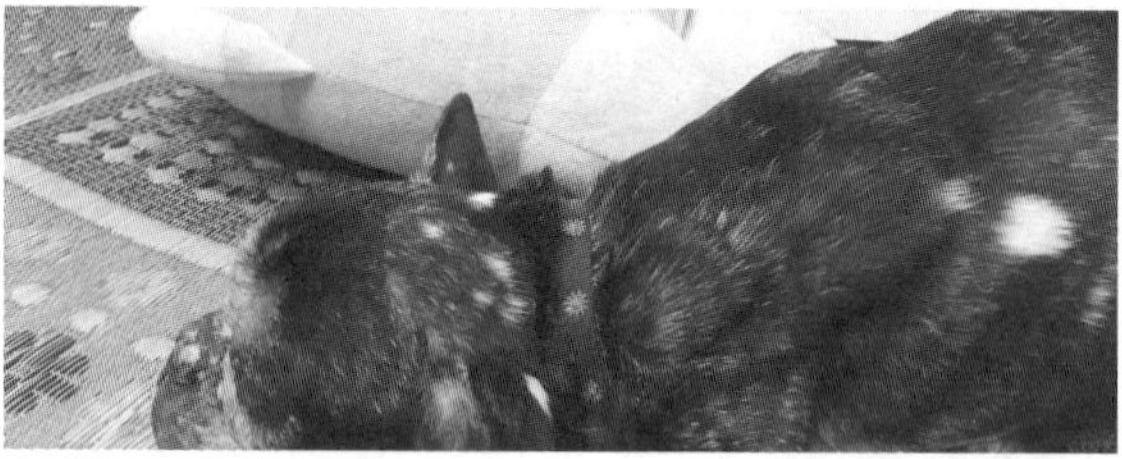

オハナちゃんの幸せな眠り

あわてていた私は何回もその必死さを無視してきたんだろうと。それでもいつもついてこようとしていたんだろうなあ、小さいときから。

この十年以上、私はずっとお母さんであり続けていました。今もそうだけれど、とにかく犬たち猫たち子どもたちのお母さんでした。いつもいて、気にかけてくれて、呼べば出てくる存在。

ある部分ではそれは一生変わらないんだろうと思います。一生なにか飼っているのだろうし。

家を出ても子どもは子どもだろうし。

この間、小林健先生[*27]（予約が殺到している人らしいから、ほんとうに重病で困っている人だけ診てもらってください）のアドバイスで、我が家は朝ごはんを抜くことになりました。

十数年、夫の朝ごはんと子どものお弁当を作ってきた私。それは仕事を持っている私としては決して楽ではなかったが、それが自分の母親としての誇りを支えていたのがよくわかったのです。

まずお弁当がなくなり、朝ごはんがなくなり……そんな自由に慣れない！

こんなときは状況を冷静に分析してみます。

「時間ができた」「夢にまで見た、朝寝坊できて夜寝る前にしゃかりきに朝ごはんを作らなくていい生活がやってきた」「常に食材を買い足しておかなくていいから経済的にも時間の節約的にも楽」という現実のプラス面。

「家族が離れていってしまうのではないか」「変化が急で心もとない」「子どもが小さかった頃はいつも必要とされていたが、もう自分はいらないんだ」「淋しい、ずっとみんなでいたかったし、役立ちたかった」という感情のマイナス面。

つまり、どんなときも、ものごとは冷静に見たらきれいに半半なのです。どこを切り取るかだけがその人の個性と言っても過言ではありません。

なのでここでゆっくりと、感情のマイナス面にとらわれず、プラス面に舵を切っていく。すると新しい人生が、見たことのない海が、ダイナミックに目の前に開けるのです。

そこに飛び込んでいけるかどうかは私次第。

私は、展開はいつものろまだけれど、もちろんやってみる！

これは「ティッチャイ」の名物盛り合わせ。最高！　こんなお弁当なら毎日食べたい（作りたい、ではないのが残念）！

◎ちょっとふしばな寄りのどくだみちゃん

俯瞰

あるとき知り合いの優しいおばさまが電話してきて、息子の嫁にあの子はどうかしら？と私の友人の名を口にした。

私に紹介してほしいということだろう。

その子がどんだけ遊んでいるか、私は知っていた。

乱行パーティにいくレベルの遊び方だった。

やめたほうがいいと思います、おばさまが思っておられるよりも自由奔放な子だから、と私は伝えた。

そう？　とてもいいお嬢様だと思うのだけれど、残念だわ……、とおばさまは電話を切った。

内心、息子さんに、自分の嫁くらい母ちゃんに頼らず自分で探せや！

と思ったけれど、言わなかった。

それから、一見おとなしそうでもとんでもない女っているから、よく見ろや！

とおばさまにも思ったけれど、言わなかった。

おばさまはひとりで外食できないくらいおっとりしていて、息子さんはこの世でいちばんお母さんが好きだった。

だから、私にはふたりを裁けない。決して裁いてはいけないと思う。

上記の気持ちを頑なに抱き続けたり相手に伝えたり強要したら「裁き」。

自分に正直にただ抱いているだけなら「感

想」にすぎない。

その違いを知っていることがどんなに役立つか、何回も経験してきた。


おばさまはやがておっとりしたまま亡くなり、息子さんは母の行きたかった場所を休日に順番にめぐっては、母の面影と思い出を優しく弔った。

おっとりしたまま天国にいるその人を、だれが裁けるというのだろう？

とにかく母が好きで好きでしかたなかった彼を、だれがマザコンと責められるのだろう？


天の上から見たら、みんなたいして変わらない。

同じようにだめでそしてすばらしいもの、人間。

勘を磨いて違うときにはノーと言える、してなるべくこだわらずに忘れてしまう、それだけができること。

ましてや人のためになにかをするなんておこがましい。

万が一自分の存在が人の役に立てたら、そんな偶然があったらほんとうによかったな、くらいでいいのだと思う。


でも感想は自由に持っていないと、自分が疲れてしまう。

「裁かない」で「感想」を持ち続けることは、きっと自分自身に対していちばん優しくしてあげる方法なんだと思う。

そう思っちまうよな、しかたねえよな、っ

て。

きっと神様も「あいつ、そう思っちまうのか、人間できてねえな、でもしかたねえな、人間なんだもんな」

って、蓮の花がいっぱい咲いているような、山があり海があり風が柔らかく吹いているような場所で、とてもおいしく透んだお茶など飲みながら、そう思って眺めているだろう。

◎ふしばな

エイミー

二十五歳くらいからずっと、ほんとうに忙しかった。座ってごはんを食べることができるのは外食のみで、家では立って食べていたくらい。

そして家に帰り荷物を置いたらもう一回も横にならずに、仕事で徹夜！　みたいな感じだった。あまりにもつらくて酒に逃げたりもした。

ある地点で私の肝臓はかなりまずいことになっていたと今では思う。

恐ろしいことに、渦中にいるときは決してわからないのだ。

どんなにすばらしい賞をいただいても、きれいな景色を見ても、外国のめくるめく文化に出会っても心の中はひとつ「ゆっくり寝たい」「座りたい」「休みたい」だけだった。

顔はいつも作り笑顔。心はここにない。下を向いたら涙が出て、休みの日は一日中泣きながら寝ていた。こんなことが一生続いたらつらすぎて死んでしまうと思ったけれど、一生続きそうだった。

よくわからない仕事の依頼が山盛り来る。断りにくい誘いがどんどん来る。断ることも面倒で、這って出ていき、作り笑顔で消耗し、やけ酒を飲む、やけ食いをする。↑おまえはすでに鬱だからカウンセリングに行け！　と今なら言えるが、ただでさえ時間のやりくりがたいへんなのに病院に行くなんて、結局予定が増えるわけだから面倒くさくてとてもむりだった。

砂を噛むように毎日さえすぎていけば、それでよかったのだ。なにも楽しいことはなくても、ただただ疲れていても。

家の外には人が張っている。いつも写真を撮られ、なにもかもを妬まれ、プライベートでどこに行っても必ずなにか（結婚式に出て！　なにかをタダで書いて！　友だちがファンだから今から呼んでもいい？　こんどこのパーティに出てくれない？　あなたの名前で花を送ってくれない？）を頼まれ、断れば批判される。

作家でさえこうなんだから、芸能人ってほんとうにたいへんなんだろうなと思う。

まさに「ＡＭＹ」（エイミー・ワインハウスのドキュメンタリー。才能が大きいだけに痛ましかったが、歌はかけねなくすばらしかった）の世界だった。彼氏があれほど筋金入りのワルではなくて、メトロファルスのがんちゃん程度（すごい善人でいい酒乱だった）でほんとうによかったなあ。

それから手に入ったのがアルコール止まりの環境だったことも神に感謝しなくてはいけない。私の環境にもしヘロインとかクラックが入っていたら、今頃間違いなく天国にいるだろう。

「その分お金が入ってきたでしょう」と言う人もいるが、ほとんどが税金で去っていったし、若い頃に成功して入ってきたお金は大きなことに使ったり貯金したらいけないという気がしたから、体験と人だけに使った。

仕事を続けて四十代五十代になってから入ってきたお金は本物のお金だから、一円もむだにしないで大切に使うべきだと思う。

とにかくこの人生、お金めあてで寄ってきた人数を数えたら星の数だったから、だれも信頼できなかった。お金なんてないって言ってるのに！

人がお金で変わる瞬間をおもしろいくらい、びっくりするくらいたくさん見た。

それこそ「ナニワ金融道」並みに様々な金銭がらみのケースを見た。見てないケースはないというくらい。

海外の港ふきんに行くことも多かったので、船舶と動産のカラクリや、港と倉庫のカラクリまでうっすら知っていた。

だれかを相続から外すために周囲の人々がするあらゆる工夫とか、安いものを高く売るためにいくつも会社を作ったり法的に網を張ってなんとか工夫をする人たちとか、見てはならないものもいくつか見た。

あんなに見すぎて、よくサヴァイブできたと本気で思う。

若かったからか、基本的にアホだったからよかったのか。

私が命がけで知らないふりをしているとき「この人にはお金のことはわかんないから」という感じで、目の前の人たちが屈託なく詐欺とか犯罪とかをしているのを見るのは、とても興味深く、そして怖かった。

あと、これまでに聞いた最高の編集トークは、

「吉本さんの小説にも人柄にも全く興味がないです。でも人気あるから仕方なく取材に来ました」

と最初に言ったインタビュアーだった。

仕事の約束をして互いに時間を割いていながら、面と向かってこれを言われる職場はなかなかないと思う！

四十代を目前にしたあるとき、

Q「いちばんしたいことは？」A「休みたい」

のループから出よう、とにかく出よう！と思った。

それから実際にそれに近い状態に持っていくまでなんと十年を要している。犠牲になったのは子どもだろうと思うと申し訳ないが、ぎりぎりで間に合った。

保険でも新規事業でもメルマガでも 笑同じ、はじめるのは簡単、止めるのは大変なのがこの世の中だ。

今の私は荷造りをすることが生まれてはじめて楽しい。向こうでなにを着ようかな？

そんなことを考えたりできる。

　昔は「行きたくない、寝ていたい、出張なんて地獄だ、荷造りなんてちっともしたくない」と泣きながら徹夜で荷造りしていたのに。仕事と家のことをみんなやって、深夜にやっと疲れ果てて時間ができて、家を出るまでの数時間に苦しくて涙をこぼしながら、最低限の荷物をまとめた。水着……必要かな、一応持っていくか。面倒くさい、休みたい、行きたくない。

　あの頃の自分を思うと、気の毒で泣けてくる。

　誰も自分を助けてくれない。自分だけが自分を救うことができるのだ。

　自分が自分を救うと断固として覚悟を決めると、いつしか周りも助けてくれるようになる。

　お金でも仕事でも海外旅行でもない、人生の価値は、その状態にこそあるのだと思う。

　エイミーもいちばん好きなこと（私の書くことと同様に）が失われるまで間違い続けてしまって、戻れなくなってかわいそうだったと思う。

　もっと歌わせてあげたかった。

　生まれ変わっても彼女が歌える人であるように、祈るばかりだ。

　しかし生まれ変わったらもうエイミーはあの声ではない。

　自分が自分であることは、一回だけの宝物だ。

夢見ることが力（それを奪うもの）

もちろんお会いしたこともあるし、やりとりをしたこともあるのですが、松浦弥太郎さんって、ほんとうに、珍獣。

もちろんいい意味での珍獣です。

一般の方から見たらきっととんでもないレベルのこだわりの人なんだろうけれど、業界人から見るとちょっと違う。

バブル期に業界の甘い水の誘いを何回も体験した人なんだから、あの生き方はもはや命がけです。

◎今日のひとこと

「自分と自分の家族と自分の思想を守るにはこの形しかない」

ちらっと晴れ間が見えたときの川平湾

そういう覚悟の態度が、彼の今を作っているのだと思います。

「全くチゲーやんけ」と言われてもあえて言いますけど、私は彼とロバート・ハリスさんには同じものを感じます。

幼い日の自分の夢や憧れだったものを、実人生の全部にしてしまうまで高め上げた人だと。

ちなみに私はこの間「もう食べられないよ〜」と満腹で昼寝を始めた瞬間にはっと気づきました。

「わかった！　私の人生って、幼い頃に憧れたQちゃんの生き方にすごく影響されてる！犬嫌いなところ以外は全部同じことになってる！」

これこそが引き寄せ！　笑　なりたい私になっちゃってる！　笑

もう少し違う、峰不二子とかドラミとかに設定しておけばよかったのですが、頭で選べるものではないのです。潜在意識とはそういうふうに、数学的なまでに完璧なものなのです　涙。

この話をヒントに考えれば「こうなれたらいいだろうなあ」というものと「自分に心底合っていて一致しているもの」が違うことと、後者しか引き寄せられないことが簡単に学べます。

私の失敗を糧にしてください！

……とは言うものの、ひねくれヒッピーな私、いつもよれよれの服で松浦さんの前に登場し、ろくに敬語も使えず、そのへんでごろ寝してばかりで（昼間は体を横にしないというのが彼のお母さまの教えだと読みました。

そういえばうちの祖母はきちんとした家の出で、人前では決してトイレに行きませんでした）、ついついからかって「ようよう、もっと楽にやろうぜ！」とか言いたくなっちゃうんだけれど、もちろんそれは本気ではありません。


人は、好きに生きる権利があるのです。

なりたいものになれる権利が。

好きに生きるというと、なんとなくゆるくて自由な様を思い浮かべてしまいますが、違います。松浦さんのようにきちんと大人になっていきたいという生き方だって、大いに自由な、好きに生きるということなんです。

業界では「とりあえず飲んどこう」となるし「仲いいからとりあえず仕事やろうか」となるし「こんなに忙しいんだからこのくらいいいだろう」「今夜やれそうだからやっとくか」という形で娯楽がやってくる。

若いときは私もそれが楽しかったし、べろんべろんに酔ってタクシーから見上げる空の美しさを今でも忘れがたいけれど、あのときはあのとき、今は今。


早起きして家でちんまり仕事しながら、お味噌汁とごはんだけのお昼を食べている今の私を見たら、

「きさま、正気か？」

とあの頃の私は言うでしょう。

でも、今の私の中にもあの頃の私はちゃんと生きている。

だから正しすぎる判断や良さそうに見えす

ぎるお話などに接したとき、私の中の邪悪なスーパーミルクチャンが目を覚まし、
「おいおい、そりゃ、なんか気味悪いだろ〜！」
と言える。

私のほうがギリギリでぐちゃぐちゃだけど（ちなみにハリスさんは私よりもぐちゃぐちゃだけど）、夢のように生きたいと、そう願っている過激さにおいて、松浦さんは仲間だと私ははっきりと感じています。

こ〜んなにライフスタイルが違うのにね！

◎どくだみちゃん

酒場

たとえ、たれながしになっておしめをしていても、スッピンでも。

派手な色の服を着ていて怪しい老婆に見えてもいい。

かさかさのひざこぞうがスツールからだらしなく見えてもいい。

きれいなグラスの中に入ったお酒を飲んでいたい。

隣に座ったおじさんやおじいさんに軽口をたたいていたい。

最後は上品なハグで別れたい。

ダイナマイトでないやつ。

単なるアル中と言えなくもない。

でもそうでありたい。

今夜もどこかに一杯飲みに行くか、と思えれば夕方まで淋しくない。

もしひとりぼっちで暮らしていても。千円札を握りしめて、

「見てよ、あの淋しそうな見すぼらしいおばあさん」

と指さされても、夢見る瞳をして出かけていきたい。

◎ふしばな
ホラーよりも怖い夢だった

私はその夢の中でふたつの物件を同じ日に見ていた。

不動産屋さんのネクタイの色まで覚えている。濃い青だった。

物件のひとつは会社の敷地の中にある貸しマンションで、ナチュラルローソンが一階にある。多分環八沿い。

場所はすごく便利だし、ガラス張りでシャンデリアなんかもある。でもすごく古い。昭和の洋館みたいな感じで、全部の電気がレトロモダンでちょっといい感じの照明器具なのに蛍光灯だ。これを全部替えなくてはと思っただけで考え込んでしまう。そして便利なだけのことはあり家賃が高い。

もうひとつは公園のわきの物件で、かなりお得な家賃で、昭和にできた手入れのいい、民芸の香りがする民家。大きな木々が借景としてある。多分あの感じは（夢の中だからちょっとあいまい）駒沢公園だと思うのだが、駅からの近道は公園を通らなくてはいけない。公園を通らないとえらく遠回りになる。昼は気持ちいいけど夜はこわいだろうなあ、と思う。

どちらも決定的なついの住処ではないこと

はわかっている。

でもどちらかに決めなくてはいけないのだろうなあと思う。その時点でそれ以上の選択肢はないということになっている。だからなるべくいいところを探して、工夫して、楽しんで住むしかない。

こっちを取ればお金の大変さと生活の楽さがあって、こっちだと夜はタクシーを使わないでは動けないし、あまり外出できなくなるし……。


目が覚めたとき、ああ、よかった、夢でよかったと思う。

もううんざりだ、あんなことはと思って、いやな汗をかいた。

あの「納得いかないけれどそこで楽しいことを探すしかない」気持ちが体からすっかり抜けてしまっているから、ローンが重いとか、銀行とのつきあいやローン控除のことを学ぶのが面倒くさいとばかり思っているけれど、ものごとはいつもいいことと悪いことが半分だということを忘れていた。

今いいことのほうを実感としてじんわりと幸せに思うのをすっかり忘れていた。

人間とは常にこういう傾向がある。不幸には敏感で、幸せには鈍感だ。だから自分の今を常に冷静に見つめなくてはいけないのだ。


私はもう家を探さなくていい。

老後マンションや施設に入ることはあるかもしれないが、あんなふうに、さまようように、居場所がないかのように、期限内にその時々のベストであるが自分のベストではない物件を探し回らなくていい。

……なのにまだこんな夢を見るのだから、勉強熱心だった人が入試の夢を見るのなんて、当たり前だなあと思った。

でもそのときはそのときで、今は今で、ポジティブという意味ではなくて私はいつも夢を探そうとしてきた。その夢に取り残された澱みたいなものが、そうやって沈殿してたまに浮いてくるのだろうと思う。

夢のあることというか、夢を育てるような気持ちって、あるモードにならないと出てこない。ただし、あるモードになればどこにいても夢を見ることはできる。

それは人それぞれだと思うけれど、私の場合は少し時間があって、目の前に景色があって、さっと風が抜けるような感じがしていろいろ思いつくときだ。

こんな服を着よう、でもいいし。

明日まだ観てない映画をイッキ見しよう、でもいいのだ。

まだ作ったことのないお料理が載っている料理本をしみじみ眺めてもいい。

それはスマホの世界の中であわてて未読をなくそうとたらいまわしになっている受け身の状態の中では決して見つけられない。

かといって「スマホなんてなくなればいい」的なことは決してない。いつだってそれは人間の側の姿勢の問題だから。

ただ、あの機械ってたらいまわしになって時間を奪われる傾向が強いものだよね、ということだけは、知っていたほうがいいような気がする。

家族でお茶をしにいって、それぞれがスマホを見ていると「なんて気の毒な、会話のない家族よ！」という目で見られることが多いが、そんなときうちの家族は超いい時間を過ごしている。子どもはゲームではなくマジックの勉強をしていて、夫は仕事の書籍を読み、私は原稿を書いているのだから。

自分の大切なことをしていて、目をあげると家族がいる、その安心感の中で、でも家じゃないからちょっと気持ちも開放的でちょうどいい。

そういう場合もあるっていうことだけ、わかってほしい。

自分の人生を創るのは完全に自分だけ（だから人のせいにはしない）

◎今日のひとこと

私が数年前に『どんぐり姉妹』という小説を書いていたときのことです。

その小説はちょっと変わった姉妹の話だったのですが、中に初恋についてのエピソードがあります。

そのときちょうど初恋の人の元親友が亡くなったことを初めて知り、命のはかなさについて考えると同時に、その頃のことをよく考えていたからストーリーの中に織り込んだのです。

私の初恋は悲惨といえば悲惨、豊かと言え

霧の那須

ば豊かなものだったのですが、なんと同じ人物を小学校三年生から高校一年までずっと本気で好きで、短期間の両想い、あとはずっと片想いという「おまえはストーカーか？」というようなものでした　笑。

他に好きになれる人がいなかったのでまあしかたないんだけれど、それにしても人生の初めにそんなにすばらしい人に当たったのが運のつきでしたね。

彼の親友が事故で死んだ、それを知ってぞっとしたのは「そうか、もしかしたらあの人も死んでいるかもしれないのか、そんな可能性もあるのか」ということでした。

そんなようなことを思いながら、初恋のことやそのときに周りにいた人たちについての章を書いて、だいたい書き終わって、犬の散歩に出ました。

家から坂を下って下の広い道に出たとき、そこにごく自然にいたのは、なんと小中の同級生女子三人組。

「よしくん！」と昔の名前で呼ばれたとき、その人たちを見て、夢かと思いました。だってそこは下北沢で、彼女たちが住んでいるのは地元の根津。

下北沢の駅にも近くないなにもない住宅街で、なんでここでその人たちに中学生のとき以来初めて会うの？　という感じでした。

しかもまさにその初恋についての章を書いた直後だったのですから。

それがどうしたの？　ただの偶然じゃない、と思うかもしれませんが、このことが起きる確率を考えたら、ほんとうにすごいと思うのです。

たまたまその三人のうちのひとりが代田に最近越してきて、その家を訪ねてあとのふたりがたまたまその日に都合が合ってやってきて、下北沢でランチでもしようといってうちの前の坂を下りたところを通りかかったところに、ちょうど中学校時代のことを書いた直後の私が通りかかる……って！

頭の中にあるものが現実に反映する仕組みの、時間とか空間をぐにゃりとゆがませて超えた感じを私はそのとき体感しました。

これをやって、こうなるから、こうなって、こういうことが起きた……そういう予想がつくストーリーの全ては、ある意味でそうあってほしいという錯覚に過ぎないのだと思います。

ほんとうは、あらゆる因果関係はカオスの袋の中に放り込まれて、だれにもわからない形で、すごい速度で現実に現れるのです。

私たちにできることは、ゆるく舵を持っていることと、その袋に変なものを突っ込まない（不純物が多いと現実も濁る）ことだけです。

自分の精神がクリアであればあるほど、現実界の反応は速くなります。

そして自分がその袋に突っ込んだもの以外は決してこの世に現れてきませんから、責任は全て自分にあると思って差し支えないと思います。

常に人のせいにしている人は、人のせいでひどい目に遭い続ける人生になります。

奇しくもその『どんぐり姉妹』という小説が、父が読んだ私の最後の小説になりました。

そのあと父はほとんど目が見えなくなり、全く読めなくなったのです。

「あとは人それぞれの好みの問題だけで、もう君の文学はできあがっている、もう独り立ちした、大丈夫だと思っていいと思う」と父はその小説を読んで遺言のように言いました。

私は（そう思いたいだけかもしれないけれど）なにか大きな力が「この小説を書いたことを、そのとき起きたことや、お父さんの言葉をずっと忘れないで」という徴《しるし》をああいう形で見せてくれたんだと信じています。

◎どくだみちゃん
月と片想い

私はもう大人だから、そして彼に恋をしていないから、あんなに好きでどうしようもなかったはずの初恋の人とほんとうに普通に話ができる。

恋をしていたことさえも忘れてしまいそうなくらい、普通に。

彼は全く変わっていなくて、しかし私はときめきもせず、いやあ、りっぱな人のままですばらしい、自分の過去が正しい思いによって動いていてよかった、と思っただけだった。

ただ、ほんのちょっとしたときに、

「あ、この人は私にとって絶対的な力を持っていた人だったっけ」

と思い出す瞬間があった。

それは、彼が私の行動や発言に「ちょっと違うんじゃない？」というような反応をしたときや、

「こういうことが起きるとすごく悲しい」というような自分の話をしているときだった。

よく考えてみたら、それほどの力を私にふるった人物は自分の産んだ赤ん坊くらいだ。

ああ、こういうとき昔はいちいち動揺したなあ、と面の皮が厚くなった私は思った。

「今からある国の国王と対談ですよ」ということ以上に緊張することはなかなかないと思うけれど、それをあちこちでさんざん経験しているわけだから！

まるで「初恋」という歌のように、放課後の校庭をひたすら走る彼を見て、
いちょうの葉や空がきれいなのと同じように、そのすばらしい造形を目に焼きつけたいと願った。それ以上でも以下でもない。

何になりたいとか、何をしたいとか、そういうのですらなかった。

あんなに好ましい形をした人はいなかった。

今の私は大人なので、ここはこのくらいで引いた方がいいな、とか、
ここはちゃんと笑顔で対応した方がいいんだろうな、とか、
これ以上言うと誤解されるからやめておこうとか、
いろいろな術を自然に学んでしまった。

それをだれにもふるうことはないが、術は日常に溶けてしまっている。

もうそこだけ取り出せはしないくらいに。

今、彼に対してあるのは感謝だけだ。

あの悲惨だった時代に、私の人生を唯一輝くものにしてくれたその存在よ。

彼の人生がかけねなく幸せで、家族もみんな健康で、お子さんたちもすくすく育ち、くじけているときや疲れているときにちょっとしたいいことがたくさんありますようにと祈る。

ここまでただ感謝しかない関係というのがあるだろうかと思うくらいだ。

それは、あの日の私がほんとうに悔いなく（そしてテクニックも全くなく、ばかみたいにがむしゃらに）、やりきったからだろう。

不器用に、ただ好きという気持ちだけで、必死で、青春という時代についていった私よ。

あのときの私の髪をといてあげたい。いっしょに服を買いに行ってやりたい。メイクを教えてあげたい。告白の仕方をいっしょに考えてあげたい。夜遊びを教えてあげたい。

手をつないでいっしょに月を見上げてあげたい。

つやつやのもぎたてかぼす

◎ふしばな

人生の舵

「こいいじ」[*28]というまんがを読んで、初恋についてこれまたしみじみと考えた。

主人公はずっとひとりの人を子どもの頃から好きで、何回も告白してはふられて、それでも好きでいる。相手は彼女をうっとうしく思ったり、ふびんに思ったり、かわいく思ったり。

でも彼の心の中が彼女への渇望で満たされることはない。

恋って考えてみたら気持ちが悪い。

相手の一挙手一投足が気になって、意味を見つけようとする。

きっと性欲が形を変えたものなんだろうけれど、それが妙に精神的な形を取っていることが、また気味悪い。

「告白してふられて、ほとぼりがさめたころにまた告白するっていうのを十年ぐらいくりかえしてたんだけど」と夫に言ったら、「そのやり方って、男じゃないか！」と笑われた。そりゃ、うまくいかないはずだよね、男じゃね！　笑

歳をとるとわかってくる。ほんとうは初恋よりも、その後ろにある設定のほうが二度とは取り戻せないものなのだ。

姉の自転車の後ろに乗ってびゅんびゅん走った街。

大親友と毎日いっしょにいて、くだらないことを言い合ったり、その洞察力に感心したり、将来について真剣に話し合ったり、恋に

ついて空想したり、ハグして別れたり。

バレンタインデーに好きな人にチョコを渡したことよりも、その前に大親友と待ち合わせをしてお互いの好きな人の家のポストをいっしょに巡って、そのあと大きな公園に行ってジュースを飲んだことのほうが、実はよっぽど特別だったのだ。よっぽど、ある意味恋愛だったのだ、きっと。


同窓会に至る前に、彼とは連絡がついていたので、緊張もなかった。

……といっても恋愛的な意味ではなく、同級生的な意味でだが。

彼のおじょうさんは何も知らずに『TUGUMI』を読んで、「パパ！　すごい話読んじゃった！　穴を掘るんだよ！　ねえ、どうしてそうしたんだと思う？」と興奮して部屋に飛び込んできたそうだ。

それも奇跡。ありえない！

同窓会で彼とうちの息子が並んで写真に写っている、それも奇跡。

奇跡すぎて頭がくらくらしてしまった。

なんだ、この光景、シュールすぎる！

その場には当時の大親友もいっしょにいた。

私は悟った。

ああ、そうか、私はこの大親友と彼が、この人たち特有の冷静さでクールな会話をしているところがなによりも好きだったんだ。

私はこのふたりをどちらが欠けてもいけないくらい、セットで好きだったんだな、そう思った。

学校に行けばたくさんの友だちと彼と大親友がいて、家に帰れば姉と大親友がいて、そして両親が生きてそろっていて、どこに行こうが決してひとりではなく、いつも笑っていた。

私の人生の短かったほんとうに幸せだった時間のようなものを、これからもっと取り戻していこう。

そう思った。

好きな人、姉、大親友。両親が家にいる。その全部がそろっていることにあまりにべったりはまりこんで依存していたから、その状況が変わったとき悲しくて淋しくて自分の人生がなくなってしまった。

つまり人任せはよくないということだ。

舵のない船のように、風まかせで悲しんだり喜んだり、周り次第で自分の人生全部の向きが変わってしまうのは悲しい。

私が舵をもって、私から光を発信すれば、

まわりの状況が変わってしまってもダメージ最小で生きていけるはず！

とある宿の涼しげなデザートたち

良いうそと豊かな世界

◎今日のひとこと

最近、仕事で若い人たちに会うことが多くなってきました。

みんなまじめで、忙しすぎてちょっと寝ぐせなどありながらも概ね仕事を愛していて、小ぎれいなお店でちゃんと恋人や家族とごはんを食べる楽しみを知っていて、ちゃんと趣味もあって、それを実行できて、という感じで良いのです。

私くらいの世代だと、時々男性陣には「ええから数ヶ月マグロ漁船に乗ってみろや！」とか「熊と戦ってみろや！」とつい言いたく

どくだみの森

なることもあるのですが、時代が良いほうに変化したんだなあと素直に思うことが多いです。

みなさんとても優しくて正直で人生について頭でしっかり考えていて、いいなあって。

歳をとるって、いろいろな世代を見ることができて、面白いなあ。

さて、そういう世代の方たちはとてもまじめだから、うそとか調子のいいことを言うことを極端に恐れています。うそをついちゃいけないよって教わってきたのだろうと思います。それで苦しんでいる人さえいます。

でもうそには、人を傷つけないための良いうそもあると思う。

男と女の間なんて、そんなのばっかりじゃないかなあ。

私はたまに人としゃべっていて、話を盛ることは意識的にあっても（なにせ関西人のノリツッコミと同じくらい、下町には『オチのない話をする奴は死ぬがよい』という暗黙の虎の穴ルールがあるのです。そこで鍛えあげられてきたもんだから）、ふだん決してしない「細部を少し変える」ということを反射的にしてしまうことがあります。

「大手町に行ったよ」というのを「日本橋に行った」と言い換えてしまうような。

なんでだろう？　と自分でも思うんだけれど、長年の研究の結果、それって相手がそういう人だからなんだ、ということがわかりました。

相手が小さいうそをつく人だと、反射的に防衛本能で小さくずらしてしまうんですね。

　ゆくゆくは、影響を受けない人になりたいなあと小さく願っていますが、体感が鋭いとも言えるので、このままでもいいのかもしれません。


「支払いのことで困ったら、いつでも俺に言ってきてくれよ！」

　酸素吸入器の向こうで朦朧《もうろう》としながら、笑顔でそう言っていた父のうそが、私にとっていちばん切なくていちばん良いうそでした。

「どー見ても、払えねーだろ、その状態じゃ」と私は心の中でツッコミましたが、

「わかった、そうするよ、ありがとう」

と言いました。

　ふたりとも大うそをついているのに、全てが泣けるほどすばらしい。

　そんなことだってこの世にはあるんですよね。

　この世にはなんでもあるんです。

　その大きさと言ったら、まるで夢のよう。

　裁いていたら遊べない。

　こんなワンダーランドを遊ばない、楽しまない手はないですよ。

父と孫

◎どくだみちゃん

どくだみちゃんのどくだみちゃん

初夏から秋まで、私をずっとその癒しの香りと花で楽しませてくれた白い妖精どくだみたちが、

来年に向かってもうそろそろ眠りにつこうとしている。

どくだみたちはいくらでも取らせてくれて、いくらでもその薬効を私たちに開いてくれている。

なにも知らない人たちが雑草として刈り取って捨ててしまっても、恨むでもなく、また生えてきてくれる。

きっと放射能がふりつもった土壌もこつこつときれいにしてくれているはずだ。

なんだろうこの無名さ、めだたなさ、偉大さ。

そのことについて考えることさえも要求しないなんて。

その葉っぱを数枚つんで、うちの老犬におみやげに持ち帰るのが日課だった。

老犬は眠っていてもその匂いをかぐとはっとして起きて、むしゃむしゃ食べた。

来年の今頃、君はまだどくだみを食べられるのだろうか？

そんなことを考えないで、今日の健やかな寝息よ永遠にと願うしかない。

今ここに、いっしょにいる。体が温かい。それしかない。

私の散歩用のかばんのポケットにはどくだ

みの匂いがしみている。

吸いこんでは夏を惜しむ。


日本中のどくだみはきっと、私とその犬を友だちだと思ってくれていると思う。

どくだみ連絡網やどくだみDNAにきっと私たちの姿は刻み込まれている。

だれが入会したからだれを追い出すとかでもなく、ただ万人に優しく開かれている。

傷だとか肌荒れだとか、なにかあれば、友だちになっている私たちのことを普通より深く助けてくれるはず。

そもそも、薬というものはきっとそういうものだったはずだと思う。

個人にとってコミットしている度合いが高いものが、薬効を発揮するという歴史が確かにあったのだと思う。

自然と人間の歴史って、なんて豊かなんだろう。

◎ふしばな
どくだみちゃんのふしばな

九十過ぎのこけし師匠の毎日飲むお茶は、ものすごく濃いどくだみプラスヒルガオ茶だった。近所で採ってくるから基本無料。

けっこう思い切りよく葉を入れてあって、びっくりする味だけれど、確かに体から毒素が出ていきそうな味だった。ヒルガオには師匠のおっしゃっていた精力剤という役割だけでなく、便秘を治す効能もある。

合わせ飲めば毒素を便から排出できるので、効率もいいのだろう。

昔の人の智慧はすごい。

前述のように、その土地のものをそうして毎日飲んでいると、いっそう効きやすくなるのだろうと思った。

私は西洋医学を否定することはないが、初めすごく効くが慣れてきて効かなくなってしまったから量を増やさないといけない、ということ自体が西洋医学の薬の限界だよな、と思う。

自然の中にある薬は全てその逆なのだ。

適切に取っていればどんどん効くようになってくる。少量でも体がしっかり反応するようになる。少量でよく効くようになるので、肝臓や腎臓の負担が減る。

西洋でもそれを理解した考え方がホメオパシーではないかなと思う。

西洋医学の薬が売れないととっても困る人たちがいるから、漢方とかホメオパシーは日本で露骨に良くない迷信扱いを受けているのだろう。

植物の持っている薬効は迷信ではない。

正しい使い方を知っている世代が減っているだけだ。

なるべく学んだり、先人の書いたものを読んで実践して予防していき、いざというときは西洋医学の力を借りる。それが豊かな社会だと思う。

例えば命に関わる状態であればステロイドはすばらしい薬で、人類の発明したものの中でもかなりすごいものであると思う。どれだけの人の命を救ったかわからない。

しかし、あれだけの命に関わる重篤な症状を体の内側に薬の力でとりあえず命を救うために押し込めてしまうのだから、うまく抜いていくことを目的にしないとその症状は必ず別の形で出てくるに決まっている。

そう「今がよければいい」と「今を愛する」は全然違う。

生命に関して野口晴哉先生のおっしゃっていることは、何一つ違っていないと歳をとればとるほど実感できる。

「その野口先生は決して長生きしなかったではないか」と言うのは簡単だが、そもそも体に問題を抱えた状態であれだけ大勢の病人を見て、あれだけ人に教えて、長生きを目標としていなかったのだから、やはり「全生」を全うしたと考えるのが筋だと感じる。

今の時代を見ていたら、野口先生はなんとおっしゃっただろう、それが知りたい。

昭和の時代に使い捨ての割り箸を見て、先生が「私たちの時代はこれはもったいないとしか思わないが、これからの世代の中にはこのことのほうが、自然にも人間にもあらゆる意味で良いという合理性や方向性のようなものがあるいは出てくるのかもしれない」というようなことを書いていらしたが、確かだと思った。

野口先生がくりかえし妊娠中と産後は目を使わないほうがいいとおっしゃっているのを読んで「忙しいからむり！」と当時の私は思ったけれど、確かにそうだった、後からダメージがそこに来たなと実感した。

私はいろんな意味でできそこないだけれど、本能をもう少し大事にすればよかった。

これからはじょじょにそうしていこう。そ

うして自分で実験していこう。そう思う。

豊かな心とは、
無い時は無いように生きることを楽しみ、
有る時は有るように楽しんで、
それにこだわらず、いつも生々潑剌とした
気分で一日を暮らせることだ。
無くて困り、有って困って、
持たない為に陰気になり、
持って、その番をして気が苛立つ人は、
どうしても豊かとはいえない。
(野口晴哉Ｔｗｉｔｔｅｒ非公式ｂｏｔより
転載)

太郎さんの像と

注釈

＊１ イヤシノウタ（Ｐ20）〝ほんとうの自分〟を生きるための81篇からなる人生の処方箋　２０１６年　新潮社刊

＊２ 天空の森（Ｐ57）　住所 鹿児島県霧島市牧園町宿窪田市来迫３３８９　電話番号 ０９９５-７６-０７７７

＊３ モルティブ（Ｐ72）　コーヒー専門店　住所 東京都世田谷区北沢２-14-７ セントラルビル１Ｆ　電話番号 ０３-３４１０-６５８８

＊４ ケララの風モーニング（旧ケララの風Ⅱ）（Ｐ１０８）　インド料理店　住所 東京都大田区山王３-１-10　電話番号 ０３-３７７１-１６００

＊５ 竹花いち子さん（Ｐ１２１）　さすらいの料理人　http://takehanaichiko.com/

＊６ ＢＯＯＫＳ ＡＮＤ ＰＲＩＮＴＳ（Ｐ１２２）　書店　住所 静岡県浜松市中区田町２２９-13 ＫＡＧＩＹＡビル２０１　電話番号 ０５３-４８８-４１６０

＊７ うなぎのお店のおすすめ（Ｐ１２２）　うなぎ曳馬　住所 静岡県浜松市中区上島１-27-39　電話番号 ０５３-４７４-８７３１

＊８ ｎａｒｕ（Ｐ１２２）　蕎麦店　住所 静岡県浜松市中区板屋町１０２-12 マルツビル２Ｆ　電話番号 ０５３-４５３-７７０７

＊9　氷箱里（Ｐ１２２）　中華料理店　住所 静岡県浜松市中区板屋町６２８ Ｙ３ビル５階　電話番号 ０５３-４５１-３０３１

＊10　サイレントクラブ（Ｐ１２９）　ホテル　住所 沖縄県石垣市字桃里１６５-３８１　電話番号 ０９８０-８４-５０２９

＊11　辺銀食堂（Ｐ１３１）　沖縄の食材を使った料理店　住所 沖縄県石垣市大川１９９-１　電話番号 ０９８０-８８-７８０３

＊12　天野尚さん（Ｐ１５１）　アクアリウム制作者　１９５４年、新潟県生まれ。水槽に生態系など自然の要素を取り入れた独自の水草レイアウトスタイル「ネイチャーアクアリウム」を確立した。２０１５年歿

＊13　小さな水辺（Ｐ１５７）　自然の生態系と同様に、水草の水質浄化能力（プラントフィルター）を利用してメダカやヤマトヌマエビなどの飼育が可能な「ちいさな水辺セット」　価格 ５８００円（税抜）

＊14　米田由香ちゃんのブログ（Ｐ１６０）　https://yukamemo.amebaownd.com

＊15　お蕎麦やさん（Ｐ１６２）　打心蕎庵　住所 東京都世田谷区代沢3-7-14　電話番号 ０３-５４３１-０１４１

＊16　手相見のま－こさん（Ｐ１６２）　日笠雅水さん　独学で手相を学び、中三から周囲の人の手相を見ていた。実際に手相観を仕事にするようになったのは35歳の時から

＊17　つゆ艸（Ｐ１６２）　カフェ　住所 東京都世田谷区代沢5-32-13 露崎商店ビル１Ｆ　電話番号 ０９０-７２６７-２００８

＊18　マジックスパイス（Ｐ１７２）　カレー店　住所 東京都世田谷区北沢1-40-15　電話番号 ０３-５４５４-８８０１

＊19　茶春（P173）　台湾料理店　住所 東京都大田区田園調布2-34-1 1階　電話番号 03-3721-1240
＊20　牧水荘土肥館（P180）　旅館　住所 静岡県伊豆市土肥289-2　電話番号 0558-98-1050
＊21　土肥劇場（P181）　夏季限定の古民家映画館　住所 静岡県伊豆市土肥206　電話番号 050-5309-2477
＊22　五十嵐嘉行さん（P211）　こけし職人　1927年生まれ。間宮正男師匠のもとで津軽系こけし製作の修業をした
＊23　ナニワ金融道（P220）　1990年から1996年まで「モーニング」（講談社）にて連載。著者は青木雄二氏
＊24　彼の本（P226）『狼が連れだって走る月』　2012年　河出文庫
＊25　プリミ恥部さん（P235）　白井剛史さん　宇宙マッサージをして、宇宙LOVEな歌をうたう
＊26　パラダイスアレイ（ブレッドカンパニー）（P235）　パン屋・カフェ　住所 神奈川県鎌倉市小町1-13-10　電話番号 0467-84-7203
＊27　小林健先生（P237）　ニューヨークでホリスティック・ヒーリングを行っているマスターヒーラー　https://ameblo.jp/drkenkobayashi/
＊28　こいいじ（P260）　1巻～10巻（講談社）。著者は志村貴子氏

吉本ばなな「どくだみちゃんとふしばな」購読方法

①noteの会員登録を行う（https://note.com/signup）

②登録したメールアドレス宛に送付される、確認URLにアクセスする

『登録のご案内（メールアドレスの確認）』という件名で、
ご登録いただいたメールアドレスにメールが送られます。

③吉本ばななのnoteを開く

こちらの画像をスマートフォンのQRコードリーダーで読み取るか
「どくだみちゃんとふしばな　note」で検索してご覧ください。

④メニューの「マガジン」から、「どくだみちゃんとふしばな」を選択

⑤「購読申し込み」ボタンを押す

⑥お支払い方法を選択して、購読を開始する

⑦手続き完了となり、記事の閲覧が可能になります

この作品は「ｎｏｔｅ」に二〇一六年七月二十二日から十一月七日まで掲載されたものに加筆・修正をし、二〇一七年十二月小社より刊行されたものです。

すべての始《はじ》まり

どくだみちゃんとふしばな1

吉本《よしもと》ばなな

令和2年4月10日　初版発行

発行人――石原正康
編集人――高部真人
発行所――株式会社幻冬舎
〒151-0051東京都渋谷区千駄ヶ谷4-9-7
電話　03(5411)6222(営業)
03(5411)6211(編集)
振替00120-8-767643
印刷・製本―中央精版印刷株式会社
装丁者――高橋雅之

幻冬舎文庫

ISBN978-4-344-42979-6　C0195　よ-2-30

幻冬舎ホームページアドレス　https://www.gentosha.co.jp/
この本に関するご意見・ご感想をメールでお寄せいただく場合は、comment@gentosha.co.jpまで。